感恩书系

感 恩 爱 情

感人至深的 89 个爱情故事

◎主　编：滕　刚
◎副主编：汝荣兴　曹茂昌

花山文艺出版社

图书在版编目(CIP)数据

感恩爱情:感人至深的89个爱情故事 / 滕刚主编.—石家庄:花山文艺出版社,2006.7(2021.5重印)

(感恩书系 / 滕刚主编)

ISBN 978-7-80673-620-3

Ⅰ.①感... Ⅱ.①滕... Ⅲ.①散文—作品集—世界 Ⅳ.①I16

中国版本图书馆 CIP 数据核字(2006)第 064447 号

丛 书 名:感恩书系

总 主 编:滕 刚

书   名:**感恩爱情:感人至深的89个爱情故事**

主   编:滕 刚

策   划:张采鑫

责任编辑:于怀新

特约编辑:李文生

责任校对:李 鸥

全案设计:北京九洲鼎图书有限公司

出版发行:花山文艺出版社(邮政编码:050061)

      (河北省石家庄市友谊北大街 330 号)

销售热线:0311-88643221

传   真:0311-88643234

印   刷:永清县晔盛亚胶印有限公司

经   销:新华书店

开   本:710×1000 1/16

字   数:150 千字

印   张:9

版   次:2006 年 7 月第 1 版

      2021 年 5 月第 2 次印刷

书   号:ISBN 978-7-80673-620-3

定   价:36.00 元

永怀感恩之心

○马 德

感恩不是一件华丽的衫子，单单用来吸引别人的目光的。

它是草际间流转的一抹青翠，是鹅卵石间隙处荡漾的一汪澄澈，是朝暾初出时林间氤氲的清新，是生命底色中沉积的真的流露，是血脉中流淌的善的迸发，是灵魂中贮藏的美的呈现。

在人类的精神天空中，感恩不是飘忽而逝的云彩，而是云彩背后一片洁净的湛蓝。感恩在人类精神的坐标中，不是偶然，而是永恒。感恩的行为是自然的，它是一种无意识，像须臾不停的呼吸，伴随在生命的韵律之间。人类的美是以爱来呈现的，而感恩之心，是人类心田中最美的种子，它发芽之后，开出爱之花，结出爱之果。从这个意义上讲，懂得感恩的人，一定在心中藏有大爱，并以此关照人，抚慰人，呵护人，爱人。

懂得感恩的心灵，是存在于这个世界的最美的心灵；懂得感恩的生命，是行走在这个世界上的最值得敬重的生命。

我常想，在天地之间，在我们可及或不可及的视野里，一些人类自身无法忖度的生命或物质，是不是彼此对对方也怀着感恩之心呢？譬如一朵花，不仅开出自身的美艳，还要播散出一地的幽香与芬芳来，是不是花朵对滋养它的大地，对抚慰它的草木，对清风，对暖日的感恩呢？

我们不是花，不能触及它的内心，但我一直坚定地认为，这是花朵对这个世界的感恩。也许，大地、草木、清风、暖日早已明白了它的感恩之心，只有人类还蒙在鼓里。

再譬如，一片秋叶，旋舞成蝶，是不是怀着对春天的感恩而翩然飘落？一棵大树，浓荫如盖，是不是怀着对一方水土的感恩而蔽日遮天？翔动的鱼群中，有没有怀着对溪流的感恩而始终满含着泪水的一尾？飞舞的蜜蜂中，有没有怀着对蕊间蜜的感恩而迟迟不肯离去的一只？湖面上一圈荡开的涟漪，草叶上一颗笃定的露珠，飞来的鸟，奔去的蚂蚁，自然中一切的安定与躁动，平静与喧嚣，它与它们的周围，是

1

不是都在传递着人类看不见的感恩？我宁愿相信，天地之间一切的美与和谐，都依靠感恩这种美德的流转而维系，都依靠感恩这种情感传递而呈现。虽然有时候，它们在暗处进行，我们看不见；虽然有时候，它们表达的方式含蓄，我们读不懂。

心怀感恩的人，所触到的，是人世的暖；所感知到的，是人世的美。

有一位老人，在那个特殊的年代，曾被打成反动学术权威，差一点儿被批斗致死。有一天，我去拜会他，谈到了他人生的这一段。我以为他会向我倾吐内心的凄苦与悲凉。然而，出乎意料的是，他和我说，他很感恩于那一段岁月。因为那一段岁月，让他认识了两个人，而这两个人的出现，让他获得了活下来的勇气。其中的一个是一位妇女，在他饿得快死的时候，悄悄塞给他两个馒头。而另一个，是他们单位的门卫，当造反派要来批斗他的时候，这个门卫冒死把已经奄奄一息的他藏在一间废弃的屋子里，让他躲过一劫。

老人说这些话的时候，神态安详，面容平静，骨子里升腾着暖意。他的态度，给了我深深的震撼。看来，即便是遭遇多舛的命途，即便是遭逢不济的时运，只要拥有一颗感恩的心，一个人触摸到的，只会是生活的暖意；感受到的，只会是岁月的静好。

一个生命个体，不可能孤立地活在这个世界上。在漫长的人生旅途中，可能会不断地得到别人的扶持、帮助、呵护以及关爱。所以懂得感恩的人，总是觉得自己幸运地得到了这个世界的许多恩赐，而沐浴在这不尽的恩赐中，生命自然也就会体味到甜美与幸福。

感恩两个字，是因感知而感激，但我情愿再拆解出一个报恩的意思来。也就是说，当我们在感激之后，还能因此生出爱，去爱别人，去关怀别人，从而再赢得别人的感恩。如果那样的话，环环相扣的感恩所联结的，就是生生不息的爱；而被爱所萦绕的世界，将会是一个多么温暖多么美妙的世界！

我们活在这个世界上，应该懂得感恩于自己的祖国，感恩于佑护自己的社会，感恩于让自己茁壮成长的阳光、空气以及大地、河流、庄稼，感恩于扶持过自己的朋友，感恩于教诲过自己的师长，感恩于曾经给予自己帮助的所有人，如果这一切，都未曾触动过你的内心，那么，你至少要感恩于生你养你的父母。这，已经是我们活在这个世界上的底线。

一个人，可以通过好多种方式在这个世界上留下痕迹，也可以有好多种办法给生活留下属于自己的馨香。我想，一个懂得感恩的人，会在心田里生发出香气，然后弥散到举手投足之间，进而浸润到人生每一个足迹之中。那是一种灵魂的香味，会贯穿生命的始终的。

很欣喜地闻知，将有这样一套"感恩书系"出版。我想，当所有的人读完这些回味悠长的文字之后，会口齿生香，津津乐道，并愈加懂得感恩，懂得爱……

目录

2

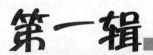

第一辑
风起时，情已逝

永远到底有多远
人生的离合
世事的变换
曾经的沧海
如今的桑田

多少悲欢
多少酸甜
多少泪水与笑颜
如划过天边的刹那火焰
只能泪流满面说再见
我们都不会变成神仙

爱，不应该沉默。既然心中有爱，就要勇敢追求。飞蛾扑火，即使结果是灰飞烟灭，但与火亲近的那一瞬间，它却是无比的幸福！

桑葚树姑娘

●文/榛 生

一

芝麻是一个木讷的姑娘，这是谁都知道的。

所以，在2003年9月15日的晚上，她被苏闵岳死训而一句嘴也没顶，这就很好解释了。

芝麻是因为在游泳馆贪玩而误了全系新生大会的开会时间的。会开完时，她的头发还在滴水呢。她头发滴下的水沿着校园甬路一直延伸下去，直到她钻进校外一间最不起眼的兰州拉面馆。这时，有人在后面喊她的名字，正是刚刚训过她的学生会主席苏闵岳。"芝麻，你跑什么跑？"

"我没跑啊！"

"算了，不管你跑没跑，刚刚批评你是我不对，你原谅我好吗？我请你吃拉面，好不好？"

芝麻心想，这人怎么转变得这么快呢，这样的人是坏的！坏的！可是芝麻并没有这么说，她只是看着苏闵岳，问道："你是怎么找到我的啊？"

"我沿着路上的水印找的！"

芝麻就像一只浣熊一样"咯咯咯"地笑了，在凉爽的晚秋，风一吹来，芝麻的心情就好得不得了，面前苏闵岳的臭脸就不再那么讨人厌了。

苏闵岳继续暴露坏人的本质："芝麻同学，你的文笔很好，能不能试着帮我填些歌词啊？"

"你怎么知道我的文笔很好呢？"

"我看过你高中时发表在杂志上的诗，那时候我还想给你写信呢！我很崇拜你叫芝麻！"苏闵岳肯定地表扬道，"我觉得你的诗写得很棒！"

芝麻的脸，一下子红得饱满极了，像一颗，像一颗小小的桑葚。

二

第二天傍晚，芝麻寝室的电话响了。"芝麻芝麻，我是苏闵岳，我在你的楼下。"

芝麻趴在窗口向下望，只见苏闵岳背着一把黑色大吉他，穿了一件黑白条纹衫，乍一看去，还真像一只吃饱了没事干的浣熊。

好久没见过一个长得像浣熊的男生了，芝麻是多么喜欢浣熊啊。在动物园里她看到浣熊们有秩序地排成一列，挂在笼子上睡觉，发出"咕咕"的声音，就像一大堆软厚的枕头，芝麻的心里就流过一股浓浓的热爱，恨不得上前去掐它们一把。于是芝麻买了一只黑白两色的大枕头，她每天枕着这只枕头入睡，想象自己就是一只浣熊。

直到寝室的老七大叫道："芝麻，别动，别动，我给你拍张照，你窝在枕头里只露出眼睛好不好，对对就这样，你太像浣熊啦！"

芝麻走下楼去，跟苏闵岳往北区的小体育馆走，那儿是由苏同学担当主唱的摇滚乐队排练场。

"跟上我啊。"苏闵岳埋怨芝麻走路太慢，恨不得拎起她塞在吉他里。

小体育馆的门和窗都破了。黄昏的阳光照在没有窗玻璃的大房子里，把芝麻的脸烤得有点儿疼，她眯起眼睛看向外面，窗子外有一棵巨大的桑葚树。那是一棵多美的树啊，叶片那么厚重，像是涂满了浓酽的忧伤，那些绿色，那些忧伤的绿色，仿佛就要从叶片上滚落下来。秋天，桑葚树的果实已经被鸟雀啄光，树沉默着，那沉默多么优雅，芝麻是多么喜欢这优雅的沉默啊。

她的歌词是这样写的：

> 当我爱上你
> 我愿意死在你的怀里
> 就像桑葚死在树叶的怀里
> 树叶死在泥土的怀里

三

天已经黑了，芝麻和苏闵岳又在兰州拉面馆吃饭，吃过饭，两个人打着饱嗝往回走，就觉得彼此很熟悉，恨不得勾肩搭背起来。

可是那一晚芝麻却失眠了,因为有一种火热的东西在她脑子里不停地燃烧。她闭上眼睛不去呼吸,假装自己已经死去,如果死去,会不会死在所爱之人的怀中呢。

芝麻有了一个决定。

第二天早晨,芝麻找到了苏闵岳,手里拿着两张蛋饼。她实在不知道向一个男生表达好感该用什么样的方式,她生长在一个木讷的家庭中,芝麻家的木讷是这样的——比方说,晚餐时,父母教育过子女不要边吃边说话,一家四口就沉默地扒饭,如果芝麻多了一句"请把'老干妈'递给我",那弟弟一定会惊讶至极,认为她今晚真是太健谈了。而隔上五分钟妈妈也许会说:"少吃辣的,会长痘痘。"

所以,向一个男生告白这件事,难坏了我们的主人公芝麻同学。她只能举着蛋饼走向正在练双杠的苏闵岳,轻轻说了一声:"给你!"

然后她爬上双杠,和苏闵岳并排坐着吃蛋饼。"谢谢你芝麻,你真好。"苏闵岳对芝麻说。

芝麻觉得自己成功了。

可是,就在往回走的时候,她忽然听到有人在说:"跟上我啊。"芝麻回过头去,看到苏闵岳正拉着另一个女孩的手。

花泽类说:当你的眼泪忍不住要流下来的时候,如果能倒立起来,这样本来要流出来的泪,就再也流不出来了。

于是芝麻就像一只浣熊一样,在双杠上倒挂着身体。

4

四

翌日,芝麻收拾好她的书包准备去上自习,可是刚走到楼下,她就看到讨厌的苏闵岳了。"芝麻,真巧,来,听听你填词的歌。"苏闵岳摆开架势,引来一大堆女生围观。

他大声豪气地唱了起来,别说,他唱得还真好。唱完了大家都鼓掌,有人还推推芝麻,夸她的歌词写得好。芝麻也跟着大家快活起来。"很棒啊。"她拍了拍苏闵岳的肩膀,就好像亲兄弟一样。

五

听说苏闵岳的女朋友要出国,这可乐坏了十来位散落于各个院系的暗恋者,其中也包括大一女生芝麻。

可是,女朋友出不出国,苏闵岳也是要毕业的。周末的晚上,苏闵岳的乐队将进行在校期间的最后一场演出,芝麻偷偷溜进了现场,坐在最不起眼的位置上。

演出在汗水和泪光中很快结束,芝麻想躲,可还是被苏闵岳发现了。"帮帮忙啦,好心的芝麻。"苏闵岳始终当芝麻是个熟人。

芝麻帮他们收拾好乐器,又把地板扫了一遍,有人提议一起去喝酒,芝麻跟着去了。那个晚上苏闵岳喝醉了,他哭着说:"唉,芝麻,你会不会想念我呢?"

芝麻拍拍他的肩膀,轻轻地对他说:"会的。你保重啊,我得回寝室了。"

苏闵岳抬起头来,忽然拉住了她:"不要走。"

他红着眼睛问她:"如果你深深喜欢的人不能和你在一起,你会怎么办?"听到这句话芝麻愣了,然后她看着他的眼睛说:"我会等他,直到他能和我在一起。"

六

半年过去了,芝麻还是时常会想起苏闵岳。

小体育馆已经拆掉重建,那棵高大的桑葚树也移植到了别处。有时候芝麻会跑去工地坐着,呆呆地看着那个巨大的坑,那曾经种植过一棵漂亮的大树,和她整个大一那年最忧伤的情怀,以及最柔情的心事。

有一天芝麻往工地走,忽然看到破墙上坐着一个人,这个人看到她,笑眯眯地冲着她招手,芝麻呆住了,竟然是苏闵岳!

"你怎么在这里啊?"

"我想念这里就回来看看啊。"

"你女朋友不是出国了吗?"

"她出国关我什么事啊?"

"你也应该出国啊!"

"哦,"苏闵岳笑笑,"我和女朋友分手了。"苏闵岳的表情很平静,看不出什么伤感。但他的身体语言却透露出他的失落,他的手攥成一个紧紧的拳头,那一刻,芝麻好想握着他的手,轻轻展开那个拳头,告诉他:"请不要难过,我亲爱的苏闵岳。"

可她只是默默地站在他的面前。

此后,苏闵岳时不时来学校玩,他的口头禅就成了:"谁给我介绍女朋友啊。"

5

开玩笑的时候芝麻喜欢说："喂，我给你介绍啊。"

但很多时候芝麻想对他说，你为什么不考虑我呢？

"苏闵岳，你不是没有女朋友吗……"

"是啊，你想给我介绍吗？"

芝麻忽然语塞了。

"啊……是呀，是的。"说完这句话她就后悔了，"我们系有个女生很配你。"

"其实，我并不想找女朋友，你记得吗，我曾经问过你，如果你深深喜欢的一个人不能和你在一起，你会怎么办。当时你告诉我，你会等他。我觉得你的话很对。"

又过了一年，有人在楼下喊："芝麻！芝麻！"

芝麻从窗口望下去，看到了苏闵岳和他的女朋友。

她跑下楼去，仿佛一步步跑回以前的时光，她又看到苏闵岳抱着大吉他，像只浣熊一样站在那里。

"我们又和好了，芝麻，秋天以后，我也要出国了。"苏闵岳拉着自己女朋友的手，"芝麻，谢谢你告诉我那句话，你看，现在，我等到我要的幸福了。"

他们把旧时的朋友召集来，坐在新的体育馆里，围成一个圈，苏闵岳开始唱起歌：

> 当我爱上你
> 我愿意死在你的怀里
> 就像桑葚死在树叶的怀里
> 树叶死在泥土的怀里

苏闵岳对女朋友说："这歌是芝麻填的词，厉害吧？"

"很棒！树上真的有桑葚吗？我们去采桑葚好吗？"

人们站起来，向桑葚树走去。"芝麻，快跟上啊！"听到有人这样喊的时候，芝麻才从沉思中抬起头，却发现大家已经走远了。

她终于明白，她的爱情已经走远。

就是这样，很多沉默的爱恋都是这样，当你想跟上它，而它已经无声离去，可它在时，你却绝对没有勇气开口。

"我喜欢你，苏闵岳！"芝麻轻轻地说。

而这时，苏闵岳早已走出她的视线，他当然没有听见这位木讷的姑娘最大胆的一句话。

感恩提示
gan en ti shi

　　青春总是奔放,青春总是飞扬!青春的我们,肆无忌惮地大笑,旁若无人地大喊,毫无顾忌地大哭……但也开始偷偷地有了心事。青春的心事,是沉默的爱恋啊!

　　没来由地,一件不经意的小事,挑起我心底那根最温柔的弦,自弹自奏地诉说那个古老而永恒的传说。

　　沉默的爱恋,是写满忧伤的日记,是欲语还休的眼神,是无穷无尽的猜测……或许,仅仅是路上的偶遇,便让你满心惊喜,却又心慌无措;一个无意的眼神,便让你双目明亮,焕发光彩;一个平常的笑容,便让你如沐春风,心情飞扬……而你,却始终保持着沉默!沉默的爱恋,是甜蜜的痛苦!

　　爱,不应该沉默。既然心中有爱,就要勇敢追求。飞蛾扑火,即使结果是灰飞烟灭,但与火亲近的那一瞬间,它却是无比的幸福!

　　"当我爱上你
　　我愿意死在你的怀里
　　就像桑葚死在树叶的怀里
　　树叶死在泥土的怀里
　　……"

(林金燕)

7

感·人·至·深·的·89·个·爱·情·故·事·

　　当爱已走远,再多的留恋都变得毫无意义,再美好的回忆也只能存活在梦里。

分分秒秒的爱情

　　●文/凤 儿

　　她初见他,如但丁初见贝德丽采,刹那间就喜欢上了。媒人说得不错,他果然是貌似潘安,远远地看去,有点儿仙风道骨。

　　而在他眼中,她是太平常了,玄青色的布裙,平常的人平常的貌,显眼的是那一头长发，又黑又亮。他看出了女孩眼中的喜欢和惊叹，这早已习以为常，他身边的女孩总是这样。他早习惯了女孩子的喜欢，所以也就越来越挑了，不是环肥就是燕瘦，但媒人说，这个女孩子不同，像简·爱一样，又温柔又才情横溢。

是听了这个，才来相亲的。他没有想到自己会来相亲，这是什么年代了？是女孩看上了他，托了人家，但媒人没有说破，只说给他介绍个好女孩，绝对和他以前的女友不同。

确实不同。她总是穿素色的衣服，把头发弄得像清汤挂面，妆几乎是淡到极点，没有那些花哨的首饰，让人觉得寡味得很。他极少约她，约了也是迟到，总是迟到，而且有一句没一句地聊。说得无精打采，他是不想再和她谈下去了。

因为不心动。

但是，雨潇潇的晚上，接到她的电话："我听到雨滴声，不禁想起一个人来，那个我喜欢了好久的人，于是我写了好多情诗给他，像少女时代的李清照一样，真是早也潇潇晚也潇潇。"他听了，心一动，没有女孩子给他写过诗，都是电话和邮件，空洞得不可触摸。

果真收到了她的情诗。白纸黑字的，像她的人，素素的，他看了，有点儿热血沸腾，便约了女孩子看电影。

他照样迟到，甚至不知道电影的名字。女孩坐在黑暗中，脸上有眼泪，他假装看不到。电影看得心情寡淡，他不懂得女孩为什么会哭，也许女孩就是这样，容易被这些虚拟的情节所打动，屏幕上是黎明和张曼玉，两个人在街头遇上了，然后是邓丽君的老歌《甜蜜蜜》。他前面没看，因为来晚了，来时电影就快完了，所以就更不明白女孩的眼泪，还以为是他来晚了女孩伤心呢。

他想，这算他的恋爱吗？为什么没有那种轰轰烈烈的感觉？于是他依旧是迟到，甚至有些习惯了让她等待，女孩给他写了很多情诗，他都有些厌倦麻木了。但女孩依然热烈地爱着，他过生日的时候，女孩在一个酒吧里为他订了生日宴会，请了很多朋友，但是他却仍旧迟到。等他去了酒吧，老板说，人早走了，只留下了那个生日蛋糕和给他的生日礼物。女孩给他的生日礼物是一块极其精美的瑞士手表，还有一张她留下的纸条：是你习惯了迟到，还是习惯让我等待？也许我真的爱错了，我不愿等待一生。再见，我的爱。

就那样结束了一场爱，多年之后他总会想起这个女孩，其实他是一个爱情的迟到者，要再找那样纯粹的爱再也没有了，他的爱是走一路丢一路。

后来，他偶尔也看到了《甜蜜蜜》，这次是他一个人从头看到尾，看到最后，他觉得脸上湿湿的。他也哭了吗？那时，他终于懂得了女孩黑暗中的泪水，可惜太晚了。最终他爱上了一个漂亮的女孩，但女孩和他当初的毛病一样，永远地让他等

感
恩
爱
情

待,永远地迟到,所以,他很快地和女孩说了再见。

如果真爱一个人,就不会让他等待,而是分分秒秒都想和他在一起。他也终于明白当初那个穿青色裙子女孩的苦心,明白她为什么送一只表给他。因为爱情是和时间紧密相连的,为了爱你,可以等上千年,可是,如果不爱,再等千年也是枉然;如果爱她,让她多等一秒都是心疼,如果不爱,才会让她望穿秋水。但是,他知道,自己明白得太晚了,那个穿素色衣服的女孩子,那个唯一给他写情诗的女孩子,已经永远只能在他的梦里了。

感恩提示

gan en ti shi

没有海枯石烂的山盟海誓,没有轰轰烈烈的感人情节,也没有缠绵凄美的内心感受,有的只是平淡和真实。但正是平淡和真实的东西,才贴近生活,才容易让人产生共鸣。

做人,也许真的要像她那样,尽管爱他很深,也要让自己爱得有尊严。尽管很爱他,也不要用一辈子的时间去等待这份虚无缥缈的爱——爱,不是一个人的事,而是要彼此共同经营的。虽然,"爱情是和时间紧密相连的,为了爱你,可以等上千年",可是,"如果不爱,再等千年也是枉然"。

爱是相互的,只有以实际行动来关心对方,对方才能感受到你的爱;也只有这样,你才会得到对方的在乎和关心,你们的爱情才会长久和甜蜜。

当爱已走远,再多的留恋都变得毫无意义,再美好的回忆也只能存活在梦里。人的一生,不会有很多真爱可以一次又一次地错过;人的一生也难得遇上真正爱自己的人。

不要让真爱在等待中慢慢消逝,不要让真爱轻易地从身边悄然溜走,也不要让爱自己的人永远等待。

爱,是珍惜。

(梁丽梅)

爱是一种经历，即使破碎，也会让人觉得美丽。

风起时，情已逝

●文／旅行者

　　那天，天蓝，云白，没有风。他和她相识了。

　　她长得很阳光、活泼、可爱、自然，没有拉发、染发，扎着一条可爱的马尾，一副近视眼镜架在水汪汪的大眼睛前更使她显出几分成熟。而他，则其貌不扬，为人深沉，成熟稳重。他是听别人这样评价自己的，不知道到底是不是这样。总之，她是他所喜欢的类型，但是他不知道她是否喜欢自己。

　　他喜欢上她了。这个是只有他才知道的事实，至少在刚开始的时候。于是，他便绞尽脑汁地找借口约她一起学习、吃饭、逛街、跑步。而她，除非实在没有空，否则都一一答应了。他和她在一起的时候，大家都感到很开心。

　　她一次又一次对他的邀请的接受给了他进一步的鼓励。他愈发关心她了，简直把她当做自己的女朋友一样。

　　有一段时间，她身体不是很好，常生病。他便为她买药、煲粥，叮嘱她注意休息，俨然医生关心病人一般，却甚于此。

　　其实，在之前的交往中，他已经知道她已有一个不在她身边但是却很爱她的男朋友了。所以，每次他在给她所需要的关心的时候，他不知道她会不会感动，他也不敢奢望得到她的感动。或者有，或者没有，她没有表现出来，只有接受。他猜不透。有句话说，女孩的心思你别猜。在他看来，这话一点儿不假。

　　他想向她坦白自己的心迹，但总是一而再，再而三地没有勇气说出。他能做的，只能是一如既往地关心她，爱护她。

　　就这样，他习惯了关心她，她好像也习惯了他的关心，把他的关心视作理所当然的，心安理得地享用着，在他看来。

　　平静的日子一天天地重复着。天，依然是蓝的；云，依然是白的；风，依然是没有吹起；他和她的故事依然在迷茫中延续着，因为太多的顾虑使他始终没有勇气说出那三个字。

尽管这样,曾有几次他还是把话说得露骨一点儿了。在他看来,她是听得懂的,不仅他的话,还有他的心。而每次,她不是付之一笑,好像是满不在乎的那种,就是突然来个一百八十度的大转弯:我们以后不要再见面了。

她的话,她的心,他也是听得懂的。原来曾经她的莞尔一笑,她的一个眼神给他的无尽遐想都是假的,是错觉!

天不再蓝,云也不再白,只有风仍是静的。世界就像他的心一样,变得灰暗一片,充满哀伤,仿佛世界末日即将来临一样。

我们还是好朋友吗?他问。

我无所谓。她答。

沉睡的风终于醒来了,轻轻地吹,沁人心脾,但终觉少了点什么的,他觉得。

原来,风起时,情已逝。

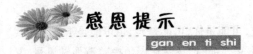

感恩提示
gan en ti shi

没有华丽的词藻,也没有扣人心弦的情节,朴实的文字却揭示了单恋在这个时代的必然结局。

他喜欢她,但他不知道她是否喜欢自己,这为文章的结局埋下了伏笔。男主人公多次约会女主人公,她一次又一次的赴约给了他很多鼓励。虽然明知她已经有了男朋友,他还是无微不至地关心她,不求回报地为她付出,希望可以争取到一线希望。他始终没有勇气向她表白,而她也并没有被他的举动所感动,毕竟她已有了男朋友。单恋的滋味确实不好受,但即使得不到回报,他也不觉得后悔。

也许这就是人们平常所说的爱情的力量吧。爱是一种经历,即使破碎,也会让人觉得美丽。

此刻的天不再是蓝的,云不再是白的,只有风像往常一样平静。

(黎运赛)

感·人·至·深·的·89·个·爱·情·故·事·

11

花香再浓郁，也有等不到自己喜欢的那只蝴蝶出现的时候，所以她决定放弃……

花　香

●文 / 阳国彬

　　生活是一些乱七八糟的程序聚合在一起，有时难免出错，又或是遭遇病毒。我相信我就是其中之一，偶尔死机，偶尔速度过慢，偶尔丢失文件。

　　"只爱花香不爱花"是我的网名。

　　小麦问我花香是谁？我说，不知道，可能是你，可能是她，也可能是下一个与我擦肩而过的女孩子，遇上时我就能认出来。那时，我站在街角摆着造型做风景，又或者正在吸烟，是点火的一瞬。细长的火柴，擦过一段火光的弧线，在弧光的曲线以外就是她了，她的身影有一团金色的彩边。

　　不过这类的假设，只有小麦相信，连我自己都不信，没准就是前一分钟，我错过了上帝从我身上取下的那根肋骨，她用尖细的高跟鞋敲打我的注意，而我的程序持续以二进制的方式运行，输入一个命令，Enter，出来一个结果。站在街角的我正在专心希望成为别人眼中的风景，又或者掏出钱夹，跟街边的烟摊进行一场关于进一步污染肺部的交易。

　　小麦是我同窗四年后还保持着最亲密联系的好友。最初的相识是怎么发生的，偶尔我也想这个问题，可惜除了想得头疼，一无所得，最终得出的结论是：事情原来就该这样。

　　晚上9点，网吧外面下着雨，她出了门在雨里一路小跑。这是第三次见她，她左眼角下有一颗黑痣，相书上说这是泪痣。我坐在她对面，注意到痣的同时也发现她的侧面比正面漂亮得多。

　　我不在乎漂亮的女人有泪痣，就如同我不在乎能成为她的什么一样。

　　当然，这是我的片面之词，你可以不信。小麦也不信，我会坚持一个月去同一个网吧，为了见同一个人，而又说不在乎能成为什么。

　　小麦吸了一口潮湿的水汽，双手插在后面裤袋里，弯腰钻进车里。每到这个季节总是在阳光一天后，黄昏下雨。最多一分钟，她将走到这条街的尽头，尔后转弯，消失。

点火,起步,换挡,三十秒,可以追上她。

小麦的眼光在夜里比我明亮得多。"你高兴?"我问她。她呵呵地笑,"她很漂亮,特别是那颗痣,性感!"

快超过她时,或者可以慢下来,摇下车窗,便能看到她飘浮的目光,水汽朦胧。然后尽量试着用最平常的语气说:"送你一程?"

故事如果太过完美就显得戏剧化,最痛恨完美的我平静地超过她,当然,擦肩而过一瞬,心脏沉重地跳了一拍,然后就是最沉闷的寂静。我听见车轮滚动的声音,碾过路面,车轮上的雨水因离心力溅上短裙下赤裸的一截小腿。

小麦回头张望几下,一巴掌拍在我肩上:"你错过了好机会。"

她的声音迈着夸张的脚步,画过一圈一圈的半圆弧,上扬了几个音调。

我瞪着这张麦色的脸,半旧的牛仔裤,光脚穿一双红色动力鞋,短发在她转头时在背椅上来回摩擦。"如果你能安静一会儿,应该会漂亮很多。"

"去!"这个声音我喜欢了。

半明半暗的街灯,热空气遇冷总会形成满窗的雾气,清洁剂在前几天做保养时被灌入油污,雨刮器一刮就一窗的油污。可能想象那是一双沾满油迹的手完成的这样一系列动作:摆弄发动机、轮胎、灌入清洁剂到填写保修卡的回执。递过来时还会有几粒油污溅到暗红的衬衫上。

"太冷,找地方吃东西。"

"火锅!"一说火锅小麦就来精神,再来一杯啤酒,我便能到她家里免费睡沙发,顺带把脏衣服塞进她的洗衣机。第二天,还没醒,我的衣服就会在她家阳台上呼吸阳光。

而花香是谁的问题,小麦便会在这样的早晨问我。

"可能是你,可能是她,可能是下一个……"我的回答虽然勉强得像隔夜的肥皂泡,在阳光下一个个破裂,而且破裂得无声无息,难得小麦喜欢听,我就得重复说下去。关于一个月中见过三次的女子,也许就是一次最彻底的擦肩而过,虽然还能隐约记得她的发香。

香味对我来说是最致命的诱惑,例如,我在酒吧发现的小小。她的香味特别甜,像香草冰淇淋。

小小的眼神像猫一般,晶莹的绿光,混在混浊的空气里。虽然后我才发现那时她握着绿瓶的"喜力",不过在这样的绿光折射里,我去了她的家。

清晨时我看到她,除了微肿的脸,除了香草味少了些醇厚,除了擦掉劣质口红的唇角微微苍白以外,一切都好,她年轻极了,就像淋过雨的草莓,在清晨野地的草丛中散发出酒红色的甜香。

"只爱花香不爱花"是我的网名,我在聊天室里梦游,跟古文高手谈后现代,谈海子,跟现代诗人谈前后汉,谈建安,再扮几个身份,相互打趣。而最终我打字的速度见长,文章是一篇没有。没有人的时候,我会给自己来上一刀,关于生存的意思,一些形而上的东西让我累得慌,想不清楚就睡觉,常常一觉到天明。

小麦问我,花香是谁? 我说,不知道。

我想问她,小麦是什么味道?

小麦的窗前就是街旁的路灯,夜里不遗余力地浪费光明,躲在沙发上看它,孤独得近乎完美。灯光将窗户的影子拉成扁长,碎花的窗帘,风来时,摇曳的光线漏过细花的缝隙,洒在屋里,在肌肤上游走。太极致的独处略显凄凉,我说了,我痛恨完美,那么谁会在身旁,给我一个深的拥抱?

有一张蔡琴的老碟,这样的气氛适合听她"是谁在敲打我窗,是谁在撩动琴弦,记忆中那快乐的情景,慢慢地浮现脑海,……只有那沉默无语的我,不时地回想过去。"

让我来相思谁好呢? 回忆簌簌而落,仿佛学生时校园东角的老槐,撒了一地的花香。

如果我有镜子,我会想看看现在的表情,是无助居多,还是颓废浓重,又或者就夹在这两种情绪中,深一脚浅一脚地过我所谓的生活。

小小有猫一样的眼神,性感,不够安定。电话拨通时,我有些犹豫,铃声一声长一声短。

"是我。"

"你? ……哦,你呀。你好吗?"

"不好,想有人伴我听音乐。"

"哈哈,行呀,明天我找你。"

尖叫和急促的音乐淹没她的声音,意料中的断线。释然,我是谁? 她知道我是谁?

蔡琴的老碟,是谁送我的? 碟上附着一张卡片:你那儿可有一样的月光?

一段类似爱情的东西,含在嘴里,说出口时就化成了烟。姑娘问,除了你自己你还爱谁? 我却忘了台词。最终落入我眼眶的除了两片隐形眼镜,还有姑娘踩着高跟鞋离去的背影。然后,我看见小麦,小麦的平底鞋很适合我的心情。其间,阳光很毒,我在槐树下吐出一圈圈的烟雾,我说:"小麦,我喜欢上你了。"

小麦丢来一堆纸:"你的毕业论文呢? 下周就得交。"

小麦的话不合时宜,于是,我醒了。压根,我就不是爱情动物,只是渴望穿着忧郁的外衣,而失恋是忧郁中最凄美的一种。

半夜两点,小麦睡了。我把耳朵贴在她卧室门板上都听不见一丝声音。

女人是变化的水,在不同的容器里,她会瞬息间焕然一新变成不同的形状。这就是我眼中的女人,而小麦26岁了。入睡后的她是结了冰的水么?

小小的背弯成了一个美丽的弧形,阳光洒在她裸露的肌肤上,细密的汗毛映着张扬柔和的光。我迎上她金子一般诱惑的青春,当然还有青春的曲线。同时,还得忍受着她像猫盯着老鼠一般,不屑的微笑,将我灼烧得体无完肤。

她的房间和名字一样小。一堆绚丽的衣服,挂了一墙,必不可少的化妆台,一些我见过和没见过的牌子,五颜六色。"你把这些颜色全抹在脸上?"我顺手拿起一支紫色的唇膏。

"不喜欢?"她从指间拿过唇膏,划过肌肤的手指冰凉,她仰着头,充满挑衅。

"不过,你家没有音响,听不了我的碟。"

小小拉上窗帘,阳光一下又暗淡下来,我看见她失去金黄色的身影,焕发出夜色的迷离,有一种陈旧的青苔的气息。

一种情绪渐渐蔓延了我,分不清是喜是悲,想起离我远去的年少痴狂。

从小小家里出来时,又是一个早晨。清晨感觉无力。小小说:"今天有课,送我去学校。"

"你还在读书?"我有些惊讶,"满十八了吗?"

小小走过我身旁,顺势踩了我一脚。

"今天什么课?"我拉了拉她T恤细窄的肩带。

"数据逻辑。"

"逻辑?那么用你的逻辑来分析一下,我们之间是理性的还是感性的?"

"我们?只要不是单纯的性就好。"

"哈哈,估计就是这么单纯。"

必然地,她又踩了我一脚。

幸运的是小小的皮鞋的软面没有任何褶皱。我从鞋面,一路斜看上去,街对面站着的女孩子穿着纯白布裙,平底蓝鞋,像极了小麦。

距离刚好可以完整地看到她的侧面,她还是那样新鲜。

"小麦。"我挥左手的时候,小小转身挽住我的右手。我以这种极不舒服的姿势拖着小小穿过街道。

小麦的脸色真好,阳光下她总让我自卑,让我如一只怯光的蝙蝠。

"亲爱的,你脸色不错。"当然,我不能伸手去摸她的脸,一般那种情况只在我醉了以后,或者假装醉了以后才有机会发生。可现在是早上9点,身旁有另一个女人。

"你的衣服很糟糕。"小麦皱着眉的时候,鼻子也会微微起皱。

我拉了一下衣角,看着她转身离去:"有那么糟糕?"小小挑眉,耸肩,撇嘴,做了一系列动作后,说:"你眼神涣散。"

又一次,我长久地注视小麦窗前的路灯,不同的是,这次的角度是仰视,我没有躲在沙发上,而是蹲在路旁。这相思病的角度,虽然累了些,可清晰很多。落过雨的路面有少许的凉意,清新潮湿。

夜深了,一般有三类人蹲在路旁,一是流浪汉,衣衫褴褛,目光呆滞,居无定所;二是行走歌手,必有一头长发,抱着必不可少的道具,例如吉他之类的,眼神迷茫,在夜里更显忧郁;三是陷入爱情的傻瓜,衣饰单薄,方能营造"为伊消得人憔悴"的舞台效果,或傻笑,一脸的痴迷,或颓废,满地烟头。前两类人多半是属于行走的,无缘由地消失,第三类的结局就简单多了,因满地烟头,被街道管委会的老头老太又抓个卫生罚款的典型,尔后是知难而退,又或者迎难而上牺牲自尊换来女友一个回眸。

我不属于这三类人,虽然用小麦的话来说,我衣服糟糕,用小小的话来说,我眼神涣散。小麦说了那话,她转身走了。小小说了那话后,我就丢开她,转身走了。

现在的感觉就是无力,估计是饿了,午饭是半袋面包,晚饭是剩下的另半袋面包。白天的阳光极刺眼,我在街上游荡,然后来到小麦家对面看路灯,到了夜里,终于回到熟悉的黑暗里,有些隐蔽的快乐,只可惜快乐的东西不长久,我看见小麦抱着一打香水百合走过来,在楼口与旁边跟着的穿西服的男人道晚安,接着上楼,甚至没有发现我。

"小麦。"我跟了上去。

"你? 干吗? 在路边等谁呢?"路边这两个字让我又高兴起来,她到底还是看见了我的。

"遇上谁就等谁。"我对她傻笑。

小麦进了屋,开始摆弄她的百合。

我说,这花味道可真难闻。小麦说,没你身上的味道难闻。我说,那是谁呀,送你回来的。小麦说,是可以考虑的结婚对象。我说,就他? 你要慎重。小麦说,别人可比你强多了吧。我坐在沙发前的地上,从高兴回到失落。我说,适合不适合你,见过麦子开花吗,那才是你。

小麦的音响效果真好,沉重的低音围绕,柔软的曲子,流淌出来,淌得我心里湿湿的。

"小麦,我饿了。"我说。

"活该。"厨房里有倒水的声音,然后是方便面的味道。

"小麦……"我突然就流下泪来。"我告诉你花香是谁。"

感恩提示
gan en ti shi

张爱玲说过,每一只蝴蝶都是从前一只花的魂,回来找她自己。可我觉得蝴蝶并不是花的魂,蝴蝶只是来寻找他钟情的花香。

"花香"就是小麦,可是小麦一直都不知道。她每次假装无意中问他,他都躲避。花香再浓郁,也有等不到自己喜欢的那只蝴蝶出现的时候,所以她决定放弃……

"寻寻觅觅、冷冷清清、凄凄惨惨戚戚。"虽然他喜欢的花香就在眼前,可是他却不敢靠近,只能在假装欣赏其他花香的片刻,近距离接近她。

他以坚强的外表作为掩饰,假装有一颗冷酷的心,假装不在乎花香。在小麦的窗下徘徊的那种凄迷,是一种只有在寒冬里才能体会到的感觉。

当他闻到她为他泡的方便面的味道时,他"突然就流下泪来",他要告诉她花香是谁……

故事就这样结束了,留给读者无尽的遐想……

(黎佩莹)

人的记忆里的每个片段都是一颗闪亮的珍珠,不管它是喜还是悲。这些片段串联在一起,就成了生命的轨迹。生命就是因为这些不同的片段,才展现出不同的光泽。

片 段

●文 / 木易漾子

跛脚女孩拄着拐杖推开男孩的病房门。

男孩正躺在床上看窗外。男孩把眼睛从窗外斑驳的流光上移回。

男孩问,你找谁?

找谁? 没有,就找你吧。

女孩朝男孩含混地一笑，这使得男孩迷惘的神情深处掠过一片温暖。女孩站着，额头上有几粒细汗。她刚走过的那条暗长的胡同此时一个人也没有，不平衡的两脚交错在空荡荡的胡同里敲着一轻一重的节奏。

她犹豫，该不该去推开他的门？

她想象男孩此时应该躺在床上看窗外，他一定在看着夕阳的流光泻在阴冷的树叶上。他会不会看见自己跛着脚走路的样子！女孩终于推开了男孩的门，看到了她想象中的男孩的样子。

我想起来了，你是我小学的同桌。男孩静静地看了几分钟门口的跛脚女孩说。黄昏啦！女孩说。

男孩眼底泛过霞光的波纹，他感到那种美丽悄然逝去。接下来是一个温柔漫长而空寂的夜，像他在梦里无数次走过的那条暗长的胡同。男孩的眼光扫过女孩灰黄的脸。女孩脸上平静的容颜让男孩觉得自己的眼睛一阵灼痛。

你，你还在读书吗？男孩问。没有了，初二没念完就休学了。男孩不知该说什么。屋里一片寂静。沉默中他们听到了风扫过窗户的声音。

那时候，你的辫子是全班最长的。

我记得你体育最好，我羡慕极了。

我有点儿恨你，你的成绩总是第一名，我怎么追都是第二。

我一直很怕，怕你超过我。我不能跑，不能跳。我只有读书。

每次考试，我就诅咒你水笔没墨水。

上体育课时，我一个人坐在教室里，真希望你摔跤。

男孩笑了。女孩也笑了。

女孩又来了，男孩苍白的脸上出现了一丝笑意。

属于我的日子不多了，好像只有今天。男孩显得无比伤感。

女孩眼里涌出一种闪亮的东西，睫毛颤动着。她把拐杖放在墙脚，一只冰冷的小手温柔地触摸男孩的前额。你会好起来的！

不会，我知道我的血已经坏透了。妈妈说她不瞒我，我的病治不好了。妈妈让我坚强些，把最后这点儿日子活得漂亮些。你……

如果我能活，我一定要考军校。你说，我考得上吗？

考得上，一定。我真想穿一穿威武的军服。

男孩说，你喜欢什么？女孩说，什么都喜欢。

男孩又说，你想什么？女孩说，想走路，想读书。

男孩说，我想说，我不想死。女孩说，我知道。

男孩觉得有块破布正在擦洗自己的心脏。他想起了离开家住院时妈妈的眼

·感
·恩
·爱
·情

神。男孩问妈妈,若是你的话,面对一个快死的人,你给他什么?妈妈摇摇头,无语。男孩的双脚跨出家门,说,妈妈,给我爱情。妈妈笑了,笑得很欣慰。孩子,你长大了。

我羡慕你,你虽然跛,但你活着。

你也活着呀。

等我死了,你会哭吗?

你说呢?

不知道,也许会。不过你别哭,我也不哭,我们坚强些。

女孩点点头。男孩紧握着女孩的手,像要把身上的力量传给她。

女孩用拐杖推开了门。白色,白得空茫。

窗外!一群麻雀在老枯树上盘旋,在太阳的辉映下闪着点点橙色的光。

有个女人走过来,手扶在女孩肩上,满眼哀伤。

他走了。女人说,他提起你,谢谢。你是个好女孩,谢谢你。他说你使他生命里最后的日子不那么苍白。

女孩眼睛里忽然涌出泪水,汨汨而下。

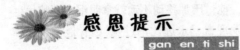

感恩提示
gan en ti shi

人的记忆里的每个片段都是一颗闪亮的珍珠,不管它是喜还是悲。这些片段串联在一起,就成了生命的轨迹。生命就是因为这些不同的片段,才展现出不同的光泽。

生的灿烂,死的狰狞,就这么和谐而又残酷地在男孩和女孩的共同片段里展现出来。当听到一个男孩对一个女孩说"我不想死",当听着男孩的双脚跨出家门说"妈妈,给我爱情"时,我的心被触动了,泪水模糊了我的眼睛。生命的可贵,或许,快要离开这个美好世界的人才感受得更深。

然后,男孩走了,带着他那几颗最晶莹的珍珠。

女人的话让女孩泪如雨下。或许,她还不够坚强,即使那男孩曾经给她力量;或许,她更在意的是感动,因为那男孩珍珠般的评价;又或许,那一颗颗泪珠蕴含着我们看不见的执著与追求,等它干了,一种叫坚持的东西便会生成。

"把最后这点儿日子活得漂亮些",那男孩这样说过。

(黄光霞)

当他终于鼓起勇气时，却发现，不小心爱上的人，早已成
为回忆。而他只能以朋友的身份，看着爱走远。

十 年

●文/南未北

他默默地爱了她十年。

从9岁到19岁。小学，初中，高中。同桌，同班，同校。别人都知道他们是好朋友，她也这么想，因为她可以和很多优秀的男生哥们儿似的做好朋友。但他从9岁时就爱上了这个女孩，尽管那个时候他还不知道什么是爱。那时的她马尾辫，白裙子，笑容清新灿烂，手臂上是三道杠。他和这个被人宠爱的女孩子打闹，吵架，画三八线，但她从不哭，和别的女孩子不一样。他讨厌那些动不动就拿眼泪来吓唬男生的女孩子。他和她比赛学习成绩，但他发现自己永远比不过她，尽管他已经很棒了，真的很棒了，但他知道有一个女孩儿永远都会比他棒。

小学的事情他都记得。记得，应该是对自己来说重要却已逝去的东西的唯一纪念，现在他依然这样想。但他鼓足勇气向她说起那些在一起的时光的时候，她却笑着说，她不记得了，然后他沉默。

初中的时候他和她幸运地分到了一个班，但他在前排，她在后排，她是和很多男生可以做哥们儿的女孩儿，而他沉默，敏感。课间他回头，装作毫不在意地看她，她都是和身边的男生说笑，看到他时是快乐地挥手冲他笑，他总是失落，他想在那个笑里找到她与其他男孩说笑时不同的笑的滋味，但找不到，她总是一样的快乐。

她对他总是很好，但是和对待其他朋友一样的好，而他不甘愿而又不甘心舍弃。他舍不得她，所以他总是闭上眼睛，想她的身边只有他一个人。

一起走进了重点中学，重点对他们来说都是轻而易举，而分到一个班的几率只有二十分之一，他没有这么大的幸运，其实他甘愿在一个班里看到她和别的男孩子说说笑笑的，至少可以每天在一起，也许不在一起会好，会慢慢遗忘，但他知道不可能。

他总是创造机会遇到她，然后说好久不见。她会拍着他的肩膀笑着说，是啊，真的好久不见,你应该不错吧?他说,是啊,挺好。她说,那我就放心了。没心没肺的样子。他的心会很疼,在那样的相遇中。但他笑。她每天的笑容都明媚,她快乐所以我快乐,他对自己说。

他还是看到她挽着一个帅气的男孩儿的手在校园里走。那天下好大的雪,整个世界就要淹没在一片银白里,他像那场大雪一样,盲目而绝望。他躺在学校后面的操场上,想把自己掩埋在雪地里,就此消失,但在夜里 10 点的时候,他还是按时回家了,他一向是不让爸妈担心的好孩子。他患了很重的感冒,一个星期都没有上学。

多年之后,他依然记得那天她的美丽,头发长长的在雪花中飞扬,笑容像阳光一样,照得那个冬天很温暖,但那种温暖不属于他,那个冬天是他度过的最冷的冬天。那年,他们 17 岁。

后来,他知道那个男孩离开了她,他知道她一定很伤心,但在她的脸上他找不到答案,她仍然在面对他的时候笑,似乎笑容更加坚定,但他分明从里面看到了落寞。她是不哭的女孩,无论是开心还是不开心的时候,她都会笑,她的笑是所有朋友的安慰,是他们的力量。他多想帮她擦眼泪,多想让她靠在自己肩头,直到肩头湿热,但她不会。他心疼,但他不说。

他不敢太靠近她,因为他知道她不乏朋友安慰,他不知道自己在她心里的位置,他没底。一直是在她面前不自信的男孩,但她是他认定的事,他的愿望只是他们快快长大,那些未来的日子,甜美而紧迫,紧迫到他一个人要承担不了。

一切都会以自己的方式结尾,风一样呼啦啦的青涩年华也是。他们终于要分开,去别的城市念大学,他们没有走到一所学校,也不是同一座城市。他不再刻意,有些事情终会过去,他想对一段时光说再见,他去武汉,她去北京,她实现了一直以来的愿望,他知道,但他选择了炎热的武汉。

那天,他约她出来,依然是以前的说说笑笑,他早已习惯,不再苛求。她说,武汉的小吃很出名的,你这么瘦,早该补补了,寒假回来,别胖得让我认不出来啊。他没有笑,看着她,她微笑,看着别处。他说,北京是你多年的愿望,我知道,一个人在那边注意身体,好好照顾自己。她依然微笑,点头,然后眼泪流下来。他第一次看到她的眼泪,在路灯下晶莹剔透,大颗大颗地往下掉,但她还是微笑的表情。他看到她的泪,不知所措,原来不爱哭的女孩的眼泪更让人心疼。他用牙咬嘴唇,看着她。她扑过来,抱住他的腰,眼泪不停地流。那一瞬间,把十年的记忆冲撞得破碎而斑斓,他的眼泪也流下来。他紧紧抱着她,以后不开心的时候不要笑了好不好,我会很心疼的,他说,她不说话,只是哭。

每个人的眼泪也许是平衡的吧。10 岁的时候没有流的,20 的时候会;痛苦的时候没有流的，感动的时候会；没有流到外面的，都在心里了。

他帮她擦眼泪，他的肩头变得湿热。我……有话给你说。他的目光穿越单薄的空气与她的目光对视。别……对不起，我……只是忽然心里难过，我……她语无伦次，依然微笑的表情。

你是我……最好的朋友。他坚持说。

我明白。她紧紧握着他的手。

天空的星星如碎钻石般铺陈闪烁。他抬头看天，不想让她看到他的泪。

他拿出准备的礼物，自己刻录的CD，陈奕迅的《十年》，一遍又一遍。封面上是大片开满野花的茂盛荒草，翠绿而繁茂。十年的时间如同穿越草地的风，把草吹得摇摇晃晃，但也让人听到了更清晰的风声。

上面写：我们不小心爱上的东西其实都已经过去了，今后我们还会有不小心的事情……

感恩提示
gan en ti shi

十年的守候，十年的煎熬，多么不容易啊！乍看像是伟大的爱，但再细心思考，却不禁感慨：多懦弱的爱啊！他的爱如同他的性格一样，沉默而敏感。他，一直站在爱的背后守候着爱。或许，他在积聚勇气；或许，他还没准备好；或许，他在等待一个最好的时机表达爱意。但是，当他终于鼓起勇气时，却发现，不小心爱上的人，早已成为回忆。而他只能以朋友的身份，看着爱走远。

如果你不去争取，一切都会流逝，除了爱，还有一去不复返的青春年华。十年的点点滴滴，像一根线一样贯穿人的一生，当他回想往事时，是否会为岁月的流逝而无限感慨？

面对爱情，你是否有表达爱意的勇气？就算她不一定爱你，就算她会觉得唐突，就算你有诸多顾忌，不要再犹豫，勇敢地向她表达爱意，因为，在等待中，你会发现"我们不小心爱上的东西其实都已经过去了"。

（麦 穗）

爱可能是一句话语,一个眼神,一个动作,又或者是一方手帕,但在被爱的人眼中,这便是整个世界。

那时花开

●文 / 蔡玉梅

16岁那年,她是问题少女,父母眼中一向乖巧听话的她竟闹着要退学,无奈之下,父亲带她去了心理咨询中心。豆蔻年华的女孩儿,高高地扎着马尾辫,瘦弱得似乎一阵风就能把她吹跑,大眼睛里却满是倔强和自负,一脸不情愿地随父亲踏上那一层层的台阶,走进坐落在小山坡上的那座绿树掩映的医院。

早已预约好的年轻医生正在忙碌着,热情地冲着父女俩点点头,然后倒水让座。父亲拿出女儿写的日记,放在医生的桌上。在征得女孩儿同意的情况下,他一页页认真地翻看着。也许女孩儿被一个陌生人窥到了心中的秘密,有些羞涩地垂下了头。年轻的医生温和的话语如一阵春风拂开了女孩儿心中的郁结,不知道为什么她有些委屈地哭了。他伸出修长的手递给她一方洁白的手帕,少女的心中有一股暖流涌过。医生留下了电话,告诉她随时可以找他倾诉。

这以后,她回到学校用功读书,是老师眼中的好学生,清高、孤傲的她却没有男同学敢接近。高考那年,她所有的志愿都是医学院,谁也不知道她心中守着的那个小小的秘密。

收到录取通知书的那天,她拿出了三年来一直想打却从未打过的电话号码,那个号码她已经在心中默背了无数次。电话那端传来的依旧是他那温和的男中音,她告诉他自己考上了医学院,和他读同一个专业。年轻的医生觉得很欣慰,却不知道少女早在三年前就在心中埋下了初恋的种子。

一个阳光明媚的早晨,她推开了他办公室的门,他完全没有认出眼前的这个青春活泼的女孩子就是三年前那个有些忧郁的小女孩儿。她静静地端坐在他的对面,他误以为她是个病人。他脸上浮起的微笑让她觉得那么亲切,这笑容常常出现在她的梦里。他用修长的手指翻着病历,询问着她的姓名。那是三年前她的病历,她还一直保留着。他终于知道她是谁了,她调皮地冲他眨眨眼睛。窗外,一丛嫩黄色的迎春花开得正艳。都说大学校园是滋生爱情的场所,同班的女孩子纷纷都有了护花使者,唯独她是个例外。四年里,除了图书馆,她最常去的地方就是他的办公室,她喜欢看他穿着白色工作服的身影。当她蹦蹦跳跳地和他走在一起,常常让人以为是他的妹妹,而他对她的恶作剧总是无可奈何。

时光就这样在不知不觉间流走,作为优秀毕业生的她放弃了出国深造的机会,选择了和他在同一家医院工作,他们成了同事。丹桂飘香的季节,当她束起长发,穿上工作服时,犹如天使来到人间。他们似乎成了医院里公认的一对恋人,因为他和她的身边从来也没有别的亲密异性出现过。然而,他们谁也没有勇气先去捅破那层隔在他们中间的神秘的心灵窗纸。

一天下午,她的办公室来了一位奇怪的病人,大热的天却捂着口罩始终不肯摘下。她仔细看过他的病历。病人曾经失恋过,后来患有严重的社交障碍,不敢和异性进行正常的交流。就在她起身放一段轻音乐,试图让患者放松下来时,那位病人突然从背后抱住了她。她猝不及防地惊叫起来,谁知越挣扎他抱得越紧,嘴里还一直喃喃地叫着一个女孩子的名字。情急之下她摁响了桌上的紧急呼叫器,正在隔壁办公的他听到尖锐的鸣叫,第一个冲进了她的房间,很快制服了那个狂躁的病人。她惊魂未定地扑进他的怀中,他身上男性的气息令她在一瞬间有眩晕的感觉。片刻之后,她涨红着脸坐回到了椅子上。

当天晚上,在弥漫着百合花香的咖啡馆里,她和他在柔和的灯光下静静地坐着。换下了工作服的她穿着白色的连衣裙,柔顺的长发披垂在肩上,有股说不出的婉约,和平时里那个爱笑爱闹的女孩儿完全不一样。还是他打破了沉默,他说当年的那个小女孩儿已经长成了一个大姑娘。她抬起低垂的眼帘,用低得不能再低的声音说:"你知道吗?16岁那年我就已经喜欢上了你。"他握咖啡杯的手微微地颤抖了一下:"我怎么会不知道? 这么多年来因为你的存在,我的身边再没有别的女孩子敢接近。"她忍不住握紧了他那双修长的手,温热的体温从他的指尖传来,直抵她的心房。那年,就是这双手曾为她递过来一方手帕。她把他的手紧贴在面颊上,竟有两行滚烫的泪慢慢流下。

他仿佛又看到了多年前那个扎着马尾巴辫,一脸倔强的小女孩儿,只是今天他不再是为她治病的医生。

感恩提示
gan en ti shi

　　16岁,一个刚开始理性思考人生的年龄,一个身心躁动不安的青春阶段,一个渴望被关注与理解的阶段。她的叛逆使父亲担忧,而年轻的心理医生却很快地解开了她心中的郁结。其实,是父亲忽略了她的感受。她的叛逆是在寻求别人的关注与理解,她已不满足于当父母眼中长不大的小女孩了。年轻的医生给了她地位平等的机会,于是她释怀了,"有些委屈地哭了"。当"他伸出修长的手递给她一方洁白的手帕"时,"少女的心中有一股暖流涌过",一颗初恋的种子也在那时在她心中悄然萌芽。

　　"我如果爱你,……我必须是你近旁的一株木棉,作为树的形象和你站在一起。"爱情是平等的相爱,不是怜悯,不是乞求,更不是站在高处的掠夺。"她放弃了出国深造的机会,选择了和他在同一家医院工作"。爱是要大胆地说出来的,无须太多的等待。这是一份纯洁如雪的爱,一份超越功利的精神爱恋。

　　年轻医生那双修长的手,不仅"递给了她一方洁白的手帕",也递给了她面对生活的勇气与信心,轻轻的一个动作却帮她重新拾起了她几乎失掉的世界。或许生活就是这样,奇迹总是发生在不经意的触动中。

　　爱可能是一句话语,一个眼神,一个动作,又或者是一方手帕,但在被爱的人眼中,这便是整个世界。

(谢永洁)

感·人·至·深·的·89·个·爱·情·故·事·

25

新婚之夜，新娘问他，你怎么会看上我的呢？他说，他是在买了她很多玫瑰后才发现，她是他最后的玫瑰。

最后的玫瑰

●文／徐慧芬

在这条小街上，开着一家花店。店主是个中年妇女，雇了一个大约十七八岁的姑娘帮忙。小姑娘一看便知是个外乡人。小姑娘很勤勉，守在店里，终日站着或蹲着，不是忙着出售花便是帮着扎花篮。

小店虽地处僻静，但生意还算不错。顾客主要是附近那所大学的学生。情人节、教师节、圣诞节、聚会、派对、生日、约会，都需要花。女孩子常常是三五个搭伴儿来，买的时候，左挑右挑，叽叽喳喳很热闹。男孩子往往是一个一个单独来买，看准了买，付了钱就走。

有一个大学生引起了姑娘的注意。他总是在周末来到店前，摸出准备好的零票，随手从玻璃缸里抽出一枝玫瑰，他的口音听出来也不是本地人。小伙子瘦瘦的，穿着过时的球鞋，苍白的脸色，有点儿营养不良的样子。

这回，有好几个周末，小伙子突然不来了。姑娘有一点儿思念他。姑娘想，小伙子买了花一定是送给喜欢的姑娘的。他一定是在恋爱了，现在也许女孩不和他好了，分手了，他也不需要再送花了。姑娘有点儿为他难受，又有一点儿为他高兴。乡下人出来读书不容易，把几个钱都买了无用的花，真不该啊，现在总算好了。

可是没多久，男孩又出现在花店前，又开始了每周一枝玫瑰的买卖。大约持续了几个月，小伙子又不来了。姑娘想，如果下次他再来，她要劝劝他，好好读书，不要再把钱乱花掉。

姑娘空闲下来，常常瞅着那所大学的方向。终于有一次，他们在一家书店里碰到了。姑娘是去买一本插花的书。小伙子正拿着一套书，和店里商量，因为钱不够，他想用一沓菜票作抵押，等回去拿了钱来赎还，他怕这最后的一套书被人买走了。姑娘走了过去，替他付了钱。就这样两个人开始了交谈。谈谈城市，谈谈乡下，谈谈书，谈谈花，两人谈得很快乐。

第二天，小伙子来还钱，又从花堆里取出一枝红玫瑰付了钱。姑娘把钱退到他

·感
·恩
·爱
·情

手里:还是别买了吧? 啊? 姑娘的声音里似有一种不满,又有一种恳求。想不到,小伙子把玫瑰送到姑娘面前说,这枝花,我是送你的。姑娘读懂了小伙子眼睛里的话,红了脸庞又红了眼圈,把这枝玫瑰单独地插在一只花瓶里。

小伙子走后,姑娘想了好久,想了许多,哭了又笑,笑了又哭。第二天一早终于把那枝花又插到大玻璃缸里。小伙子来了望着那只空花瓶,问她那枝花呢? 姑娘淡淡地说,卖了。花又不能当饭吃。姑娘想只有这样才能断了他的心思。她知道她配不起大学生,也知道书呆子气的大学生不大会挣钱。小伙子瞅着她,看了好一会儿。看出了姑娘眼眶里蓄着泪,默默走了,不再来了。

又一年的一个春天里,小伙子来了,脸色红润多了。他邀姑娘出来,走到另一家花店前。然后他从口袋里掏出钥匙,对姑娘说,这店是我的,我想请你做老板娘。

梦一样的声音,使姑娘一句话也说不出就湿了眼睛。小伙子告诉姑娘,他大学已毕业,有了一份工作。半年里,每月的工资,每天晚上打工的钱,凑在一起,租了这家店面房,开了花店。他说,只有这样,他的梦想才能实现。他的梦想,只是想找一个肯吃苦肯学习又有爱心的好妹子做新娘。新婚之夜,新娘问他,你怎么会看上我的呢? 他说,他是在买了她很多玫瑰后才发现,她是他最后的玫瑰。姑娘拥住了他。他把嘴唇附在她耳畔,轻轻说道,我们会好的。

感恩提示
gan en ti shi

其实,爱情离我们每一个人都不会很远,平民百姓的生活也有浪漫,也会充满诗情画意,关键在于,你是否能够发现和发现之后能否倍加珍惜。

文章没有那种荡气回肠的情节,没有让人如痴如醉的相思,也没有山盟海誓的承诺,有的只是平淡朴实的亲切和为爱情而努力工作的实在。

故事里小伙子的梦想也使我感动,他的梦想很朴素,也很真实。人的一生由于生活,由于野心,可说不曾一日安宁,因为生活中竞争难有止境,野心的需求亦没有满足的时候。生活有太多的负累,心灵有太多的压抑,我们往往在追求的过程中迷失自己,不能自拔。可是,正如灵恩所说,生活是实实在在的,承受不了太多虚伪的浪漫,而且这些东西往往显得牵强和可笑,或许只是为了遮掩平庸和贫乏,才会有人拼命追逐寻死觅活的激情与真假莫辨的浪漫,就好像月光下的小狗徒劳地围着自己的影子打转。

我们何必抱怨平淡呢? 像那小伙子那样,平平淡淡地拥有自己"最后的玫瑰"

何尝不是一种幸福。等到有一天，我们或许也会大彻大悟：平平淡淡，从从容容才是真。

（姜秋燕）

抹去所有动听的誓言和美丽的承诺，爱情还剩下什么呢？真正恒久感人的爱情是无法用语言表达出来的，而是要通过心灵与心灵的沟通、灵魂与灵魂的对话才能得以完成。

爱 的 方 式

●文/段 漠

感
·恩
·爱
·情

28

这是一个人人羡慕的家庭。父亲母亲在南方一个大城市工作，两人都是高级知识分子。他们唯一的男孩顺利考上北京大学，并且学的是最好的专业。生活对于他们几乎是完满的，并且洋溢着幸福感。

一转眼男孩上大二了。随着学识一同增进的，还有男孩完善的品格，健壮的体魄，举止的风度翩翩。叔叔阿姨们开始对男孩的父亲母亲提出男孩的终身大事，介绍各自的或亲戚的或美貌的或权势的或富贵的女孩给男孩父母。

经这么一提醒，父亲母亲觉得怎么这么大的事一直忽略了呢？他们不愿意儿子是只会读书的"书呆子"，错过了一辈子的幸福，一点儿也不愿意。

打电话给男孩时，父母一气说了自己美好的愿望。不料电话那端传来儿子笃定的决定：爸妈别操心了，我有了女朋友。儿子恋爱了？女孩是什么样的？和儿子相配吗？这一连串的问号搅得父母寝食难安，于是坐了飞机赶到北京。

父母见到了女孩，见到女孩的第一眼他们交换了一下眼色：女孩果然很普通，很一般。可是在自己的父母面前，男孩毫不掩饰对女孩的疼爱，父母便不着痕迹地愉快地结束了这次会面。

回到家，父亲母亲简言少语：是的，他们觉得，至少看起来女孩配不上自己的儿子。

二十年来，对于儿子，他们第一次感到了困扰。不接纳女孩，阻挠儿子？可能男孩失去女孩的同时，父母也可能就此失去儿子。他们也就会从此远离了幸福安宁。

一天，两天，一个星期后，父亲慨然做出了决定。他对母亲说："儿子爱的，我们也得爱！他们俩是同学,一个是班长,一个是团支书,了解应该是很深的,我们要相信儿子的选择。女孩看起来是很一般,但儿子爱她,就一定有值得他爱的理由。"果然,男孩郑重其事地写了信来,讲了关于女孩的两件小事。女孩家在农村,自然没有富裕的金钱供给女孩,但是女孩坦然面对贫穷,朴素而刻苦。对同学友好温和,对误解的目光不卑不亢。有一天,男孩请女孩吃饭,男孩既然已经明确地表示出他对她的好感,就特别渴望尽可能在物质上体贴女孩一点。但是,买单的时候,女孩仍然是像每次那样也掏出了钱,笑着说:"AA 制。"男孩刚要推回女孩的钱,女孩清澈的眼神制止了他。那眼神里,女孩克制、自尊、自爱的庄严情感令他肃然动容。

男孩女孩的学习都很努力。经常一大早到图书馆排队占位置。细心的女孩会一并把两人的午餐也准备好。两个饭盒:红的是女孩的,绿的是男孩的。饭菜简单却有足够的营养,男孩从来就是粗心地尽管享受这份体贴,从没发现什么异样。这一天早上,女孩忘了东西又回到寝室。男孩接过两个饭盒,站在图书馆门前等她。很偶然地,他好奇地打开了两个饭盒。

这一眼,他的心热热地跳动起来,就在这一瞬间,他认定了:这就是我要找的爱人。

饭盒里是两个相同的面包,不同的是绿盒里的面包中间夹着厚厚的一块牛肉,红盒里的面包却什么都没有。对于家境贫寒的女孩来说,一块牛肉是她能默默奉献的全部的爱情。

儿子最后说:爸妈,真正深邃绵长共度风雨的爱情,能够超越美貌、金钱、权势的表象啊!

读完信的父亲母亲完全消除了对儿子爱情的迷惑,心情恢复了宁静的幸福。只是母亲觉得:得做点儿什么,让儿子感到他们真心诚意的祝福以及对女孩隐隐的歉意。

感恩提示
gan en ti shi

女孩并不美丽,家里也很贫困,但她可以坦然面对贫穷,不卑不亢,对生活充满了热情。当爱情降临的时候,她始终以她的自尊、自爱坦诚地去接受并经营。也许她从来没有用语言去表达过对男孩的爱,但一直以来,她都默默地以自己的细心体贴着男孩。也许,完美的爱情都曾感动于瞬间,一块充溢着关心与爱意的牛肉成就了一份天长地久的爱情。对于女孩来说,这是她的爱的方式。

"窈窕淑女,君子好逑。"也许,在容貌美丽的光辉下会延续许多一见钟情式的爱情宣言。然而抹去所有动听的誓言和美丽的承诺,爱情还剩下什么呢?真正恒久感人的爱情是无法用语言表达出来的,而是要通过心灵与心灵的沟通、灵魂与灵魂的对话才能得以完成。爱,并非刻意所为,情到深处,自然流露,一举手,一投足,都充溢着爱的芬芳。我想,这就是爱的真谛吧!

爱是两个人的事情,真正的爱都是建立在理解之上;爱又是平等的,在爱情的天平上,不存在卑微与尊贵。

(何超文)

真正的爱情不在于"很快凋零"的所谓浪漫,而在于难能可贵的天长地久。

玲珑白菜心

●文/杨晓丹

大学里的死党惠子从深圳回长沙看我,几年不见,她已是一个衣着时尚的优雅妇人。惠子已嫁人,而且嫁的是个有钱人。

送走惠子,对男友宋涛就横看竖看一百个不满意了。宋涛只是一个普通的工程师,收入谈不上有多高。这还是其次,犹为可恼的是,学工程的他,一点儿也不懂得浪漫,他唯一擅长的就是厨艺,尤其是炒的白菜非常好吃,碧绿的叶子中间盛着一个嫩黄的白菜心,假若当时有满屋的客人,宋涛把鸡肉鱼肉敬给客人,而菜心是必须留给我的!可是,菜心刚吃时新鲜,吃久了就不觉得滋味有多么好!就好像这场爱情,已多少变得有些乏味起来。

那一次,去一个同学家参加聚会,音乐响起来的时候,许多人在同事家宽敞的客厅里跳起了舞,忽然,我的肩膀被人轻轻拍了一下,抬起头,看到的是一张英俊却陌生的脸。我就这样认识了安心。第二天他打电话找到了我。和他一起吃饭的时候,他送了一朵玫瑰给我:"晓丹,单独见你的第一次,送一朵;见第二次,送两朵,直到……"他话没有说完,但是其实等于说完了,我已满脸绯红如同蔷薇。

其实,我也有过犹豫,毕竟和宋涛有好几年的感情了。我曾在一家花店门口暗示他:"你有多久没有送我花了?"宋涛却把头摇得像拨浪鼓:"送花太浪费了,不如买点好菜给你营养营养,我看你这几天都瘦了……"宋涛只知道吃,这让我

感
恩
爱
情

30

觉得他简直无聊透顶。我狠狠瞪了他一眼,拂袖而去,看来我们真到了该结束的时候了。

收到安心的第二十朵玫瑰的时候,他的手,已轻轻地牵住了我的手,我也早已忘却了白菜心的滋味。收到安心第九十朵玫瑰的时候,我忽然发现,在他手指间,转动着一枚钻戒,闪烁的光泽竟然和他的眼睛一样明亮。

第二天,我把收到钻戒和玫瑰花的事告诉了远在深圳的惠子。"那他有没有向你求婚?"我一愣,安心倒确实没有求婚:"可能要等到送一百朵玫瑰的时候吧?"

可是玫瑰花在送到九十朵的时候忽然就再也没有了,所有的人,都不知道他去了哪里。几个月后,我收到安心的一封电子邮件,他告诉我,他已去了法国。原来,从一开始,他就把我当成他空虚情感的暂时寄托。我突然记得第一次约会的时候,他那句没有说完的话:"直到……"他的含义是直到他离开,而我却自作聪明地理会错了他的寓意。

九十朵玫瑰花很快就凋零了,那枚钻戒在我眼里也丧失了光泽——原来没有爱,昂贵的钻戒也不过是一块石头而已。

哭着给惠子打电话,我把失恋的一切怒火都撒到了宋涛身上:"都是他,乏味无聊,只知道工作,唯一的浪漫就是炒个白菜心给我吃,了不得还加一个白菜心……"

惠子幽幽地说:"一棵白菜只有一个菜心,他的心意你难道还不明白吗?"电话里惠子忽然哽咽起来,"你别看我现在过得像个贵妇人,可是如果可以,我真想拿现在的一切去换一个送我白菜心的人——所谓的幸福并不是眼睛里看到的那些表面现象,而是应该花时间用心去静静体会。"我愣了,惠子的话仿佛一道闪电,让我在这几秒钟里明白了我二十几年都不曾明白的道理。

冬天来临的时候,白菜忽然就变得紧缺了,在干燥寒冷的季节我忽然非常非常渴望吃一棵水灵灵的大白菜。我终于叩响了宋涛的家门。宋涛把我让到饭桌上,给我夹了许多鸡肉鱼肉,美味的菜肴却让我食之无味。我眼巴巴等着那最后一道菜——白菜端上来。可是没有,直到晚饭即将结束,始终没有我盼望的那道菜。不等吃完饭,我就急忙告辞了。一个人走在寂寥的夜色里,我终于明白,原来有些东西,一旦失去或许就永生不再来。我忽然落下了眼泪。这时,一个温和的男声响起来:"你走那么快干什么?有个东西还没有送给你呢!"宋涛的掌心里握着一个嫩黄的菜心,他腼腆地说:"白菜蔫了,不好意思端上桌,这个还好……你,你怎么哭了?"恰好一阵风吹过,我说,风大,沙子吹进了我的眼里。我的泪又流了出来,但是这次却是幸福的眼泪。

年轻的我们喜欢浪漫,陶醉于浪漫的爱情。因此,在爱情的道路上,我们追求的往往是"玫瑰"式或者是"巧克力"式的爱情;对于"白菜心"式的爱情,最多只是"刚吃时新鲜,吃久了就不觉得滋味有多么好"了,从此便是敬而远之。然而,"白菜心"爱情真的那么的缺乏滋味吗?我看,缺乏的不是滋味,而是品味。

有句话说得好:"生活中不是缺少美,而是缺少发现。"

在缺乏浪漫的日子里,"我"很自然地靠近了懂得送玫瑰,懂得浪漫的安心,但安心却在送了"我"九十朵玫瑰后,离开"我"去了法国。一瞬间,"我"明白了"我二十几年都不曾明白的道理":原来"白菜心"是这等的重要,"白菜心"是如此有滋味。以致后来"美味的菜肴却让我食之无味",却要"眼巴巴等着那最后一道菜——白菜端上来"。在这里,我读到的不仅仅是"白菜心"式爱情的幸福可贵,更重要的是,我读到了"没有爱,昂贵的钻戒也不过是一块石头而已"。

就像惠子所说的那样:"所谓的幸福并不是眼睛看到的那些表面现象,而是应该花时间用心去静静体会。"真正的爱情不在于"很快凋零"的所谓浪漫,而在于难能可贵的天长地久。而这,不正是"白菜心"式爱情的真正滋味吗?

(彭春蕊)

·感
·恩
·爱
·情

32

或许多年以后,当她重温这段人生道路上的情感经历,回望那一枝飘香的玫瑰时,会有由衷的感触。

送你一枝玫瑰

●文/春 子

她就那么的喜欢上了他,虽然只是听了他的几节课。

她知道他有妻子,有一个两岁多的儿子。可她就是莫名其妙地喜欢他,总是产生一种十分强烈的愿望:见见他,听听他的声音。

所以春节刚过,她就急急地来学校了。开学还早着呢,过了正月十六。从没对父母撒过谎的她说,我想到学校多读些书。

这是她大一的第一个寒假,春节过后六天,就是 2 月 14 日。

2 月 14 日是个很美的日子,她想送他一朵玫瑰花。在图书馆里,她看了不少的杂志,知道了情人节里,要送玫瑰给自己喜欢的人。她心里怦然一动,就把这个日子早早地记在了笔记本里。

她知道他也喜欢自己。放假后两天,同学们大多都回家了,她还没有走。她看他进了办公大楼,就也忙忙地跟了过去。轻轻推开办公室的门,他正在电脑前写东西,很惊讶地问她怎么还没有回家。她红了脸,什么也说不出来。就在他要为她倒水的时候,她从后面抱住了他。那一刻,窗外的橘红色的晚霞正美。他也回身抱住了她。她紧紧地抱住他,就那么紧紧地抱住。19 岁了,第一次紧紧地抱住自己喜欢的人并且被自己喜欢的人抱住,她激动得发抖,竟流下了泪:"我……想你。"

好大一会儿,他为她拂去脸上的泪花。"我也喜欢你,你是一个好女孩。"他轻轻拍了拍她的发烫的脸,"可是,这不好。"

他松开了她:"你快点儿回家吧,后天就是小年了。"

一大早,他把她送上了回家的火车。她想让他再抱一抱自己,他没有,只是认真地握了握她的手:"路上照顾好自己。"

在小年夜的鞭炮声中,她回到了故乡。

在家的日子里,她想他,是一种站也站不好坐也坐不安的挂念。除夕之夜,她特别地想给他打个电话,哪怕什么也不说,只听听他的声音。她站在院子里,望着天上的点点繁星,悄悄地许了一个愿……

现在,她就悄悄地站在他的家门口。他家在三楼。她进楼的时候,刚好有人从里面出来。她头一低,就往上走,来到了他家的门口,她怕什么,又轻轻走上了四楼。在别人家门前站了一会儿,她又下来了。玫瑰就在她袖筒里藏着, 枝,她认真地挑选后,让花店的服务员剪去了刺,包好。

她心怦怦地跳着,她想放弃。楼上好像又有人开门,她就举起了手,按响了门铃。

一道温暖的光扑出来,门开了,是他的妻子。他和儿子就坐在沙发上看电视。他的妻子看着她胸前红红的玫瑰,回头看了看他,目光中有了疑问。

他将电视的声音关小,站起身,走过来,看着她,微笑着点了点头:"你好。"

她一下子平静了下来。她看看他的妻子他的儿子,举了举手中的玫瑰:"我是花店的。您是李先生吗?"

他的妻子笑了:"哦,我们姓王。"

她也一笑:"不好意思。这不是 8 号楼吗?"她知道这是 3 号楼。

"这是3号楼。"他的妻子做出了要关门的手势。

他忙走上前一步,接过她手中的玫瑰:"谢谢你,虽然你送错了地方。"他对她微微一笑,又对妻子微微一笑,"送人玫瑰,手有余香。我就借你的玫瑰,祝你节日愉快!"

"祝你节日愉快!祝你们全家快乐!"她也笑了。笑声中,她接过了他送的玫瑰。玫瑰红红的,一枝,没有刺。

感恩提示
gan en ti shi

对于一个情窦初开的少女而言,一旦深埋在心底的情愫被现实生活激活、唤醒,原本清淡如水的日子就犹如平静的水面投进一块石子,哪怕是很小的一个,都会掀起阵阵涟漪。

因为他们两个人的特殊身份,一个是学生,另一个则是老师,成了家的老师。而作者无疑是别具匠心的,他笔锋一转,给我们呈现了另外一种解读:她在送玫瑰的时候和他的妻子面对面直接碰撞,她没有和她的老师的妻子发生冲突,也没有感到狼狈不堪,而是随机应变地说成是送花而走错了门。一个紧张和尴尬的场面顿时化解,取而代之的是一个阳光满面的笑容。

这不是一场轰轰烈烈的师生恋,有情人在这里并没有成为眷属,因为来自伦理道德等方面的因素阻碍了事情向着女主人公的意愿进一步发展,也使她明白自己不应该打破他家美好和谐的局面。然而,这一份关于玫瑰的记忆却会永远存活在她心灵的最深处。或许多年以后,当她重温这段人生道路上的情感经历,回望那一枝飘香的玫瑰时,会有由衷的感触。

(潘锦祝)

·感
·恩
·爱
·情

每一朵玫瑰都有刺,正如每个人的性格中都会有别人不能接受的部分,爱护一朵玫瑰并不是要把它的刺全部根除,而是要学会如何不被玫瑰的刺所伤!

玫 瑰 的 刺

● 文 / 可繁丫头

他的父母都是有名的园艺师,种得一手好玫瑰。他从小种花,喜欢玫瑰。大学读的是园艺专业,后来拥有了全市最美丽的花店。

遇见她,是在一家迪厅。她是这家迪厅的领舞,穿性感的衣服,眼神专注。他冷冷地看了她一眼,站起来,欲走。突然一阵喧闹:一位被酒精撩拨得失态的客人突然跳上 DJ 台抱住了她。她是何等的花容失色。迪厅有些混乱,迷乱的笑声尖叫声充斥着……

事情过后,她不失礼貌地向大家鞠躬,但眼角有未擦拭干净的泪珠。一阵从未有过的心痛突然涌到他的心头,他不知道用什么方式安慰她。看到桌上摆着一束玫瑰,于是从中抽出了一枝,微笑着递给她。她显然有些吃惊,但还是接过玫瑰。突然,她"哎哟"轻叫了一声,血从她白皙的手指流出,给枝干上的刺扎着了。他不知所措,连声道歉:"对不起,对不起……"她把手指放到嘴里轻吮了一下,淡淡地摇了摇头。

爱上她以后,他会等到她凌晨一两点下班,带她去吃宵夜,送她一束玫瑰,并且事先把每一株玫瑰上的刺全部清理干净。她接过他的玫瑰,幽幽呢喃:"其实没有必要拔掉玫瑰的刺,拔了刺的玫瑰不是玫瑰……"

他爱她,但他不能容忍她的工作,他要求她辞职,说他完全可以养她。她不愿意,她告诉他,她热爱这个工作,她喜欢跳迪斯科,喜欢用自己赚的钱。他带她去见他的父母,她很懂礼节,很有修养,他看得出他的父母很喜欢她,当他的母亲问及她的工作的时候,他抢着说她是办公室白领,母亲满意地笑了。她看他一眼,沉默。第二天,他主动到迪厅代她向老板辞了职。她知道后十分愤怒,相识半年以来,她第一次朝他发火,质问他为什么要帮她辞退工作,他说我这是为你好。吵得不耐烦了,他朝她吼:"你真的除了跳舞还是跳舞吗?吃我的用我的,你还有什么不满足的？"她不闹了,盯着他看了好久好久,转身出门,他没有拦住她,他觉得自己没有错,他相信她会再回来的。风尘女子不都为钱而生吗？她再也没有回来,他找遍了全市的迪厅也没有找到她。他还是经常去那家迪厅,只是喝酒,一次与迪厅老板喝酒,谈到她。老板吞吞吐吐地告诉他:"听人说,她是私生女,非常喜欢跳舞,很好强! 父亲是澳大利亚一家公司的总裁。"那一夜,他大醉。一年后,他收到她的信,没有地址,邮戳盖的英文。她说:"……每一朵玫瑰都有刺,正如每个人的性格中都会有别人不能接受的部分,爱护一朵玫瑰并不是要把它的刺全部根除,而是要学会如何不被玫瑰的刺所伤……"

自己种了这么多年的花,爱了这么多年的玫瑰,却不懂玫瑰。他突然捂住了脸,放声大哭……

感恩提示
gan en ti shi

玫瑰,有独特、高贵的气质,让人有种想接近它的冲动;同时它也有刺,警告人们要小心,要"避开"它的"刺"。这两个看似矛盾的特性让玫瑰变得更加妩媚动人,就像爱情有无穷的魅力,但假如你漫不经心,你会把自己弄得伤痕累累。

他不顾玫瑰的这种独特个性,也不理会她的感受,把玫瑰的刺全部拔掉才送给她,即使她提出反对;他不屑于她的工作,向父母隐瞒她的工作,代她辞去工作,以为拔了她身上的"刺",保留美丽的"花朵",她这朵"玫瑰"就会更完美。但他却真的错了——"每一朵玫瑰都有刺,正如每个人的性格中都会有别人不能接受的部分,爱护一朵玫瑰并不是要把它的刺全部根除,而是要学会如何不被玫瑰的刺所伤"!

爱一个人,不但要爱对方的优点,也要理解对方的难处,容纳对方的不足。就像喜欢玫瑰,除了喜欢它的美丽动人的花朵,也要喜欢它的刺,爱屋及乌;爱一个人,要放下自己的架子,多为对方着想,多从对方的角度思考问题。

(罗伟娟)

生命本身已经埋下了太多的苦难,这些苦难如同烈风侵蚀岩石一样,使爱情变成一件艰难的事情。

我是你今生的新娘

●文/卿语若

> 天涯远不远?不远。人就在天涯,天涯怎么会远呢?——只不过是一个断肠的天涯罢了。
>
> ——题记

寒,许多的事情就在记忆里蜿蜒着,从没有厌倦。在没有认识你之前,我一直在想,等我穿上婚纱,站在我托付终生的那个人面前的时候,我一定会问他:我还没有出现的时候,他等他的新娘等了多久。是的,寒,自我是一个小女孩的时候,我便等着长大,等待我的白马王子挽起我的手,一起走过红地毯,走向幸福的彼岸。

寒,是的,我想说,今天我将是最美丽的新娘。我望着圆镜里那张洋溢着幸福的脸,望着似阳光一样笼罩着我的白纱。我在心中说:寒,你知道吗?我来到这个世界上,就是在等这一刻的来临。我日日夜夜盼望的幸福时刻终于来了,从此以后,我只属于你一个人。寒,车来了,它来迎接我,迎接我走向你的怀抱。此时此刻的我是多么的激动,我就要走向我深爱的人了,我从没有像现在这样一个时刻觉得离你是如此的遥远,我是那么迫切地希望见到你,希望看到你张开双臂在我面前等待拥我入怀。是的,我将毫不犹豫地投向你的怀抱。寒,我知道你在等我,像我一样的急切,等我出现在你的面前。

寒,你知道吗?我最后转身望了一眼这生我养我二十四年的四合院,告别了我的青葱岁月,我便高昂着头,慢慢向前走去,婚车在后面紧紧跟着。是的,寒,我要亲自走完这一段漫长的幸福之旅。我要把每一步、每一处风景牢牢地印在心底。因为今天是属于你和我的,唯一一天你与我在一起的日子。虽然我急切地想见到我的爱人,但我更希望永远地这样向你走去,就如往常一样,你在前面耐心地等我。

路上的行人和车辆那么多,我从来没有像现在这样感觉到它们的可亲,风高高地掀起我的面纱,手里的蝴蝶花像你对我点点滴滴的爱情,热烈而美丽。所有的行人都向我注目，是的，我应该感到骄傲与自豪，因为我是你今生的新娘。

我一步一步向前走着，走向我永恒的信仰，平静而自信，因为我知道你在前面等我。路旁的迎春花开了，阳光温暖且洁净。我想起你干净的笑容，就像现在的阳光一样沐浴着我。我想起你毫无顾忌地在大街上大声对我唱《死不了》，因为那时候我要你对我承诺一个誓言我才可以嫁给你，我把冰冷的手放在你宽大温暖的手掌里轻轻地说：寒，等我们都老去了，你一定要答应我，让我先死，然后你才可以死，因为如果你丢下我一个人在这个世界上，我会感到害怕与孤独的，如果没有你，我没有办法一个人孤独地过日子。你听完我说的誓言，突然哈哈大笑起来，用手指刮了一下我的鼻尖，止住笑，温柔地说："小傻瓜，我怎么会丢下你一个人不管呢？我们是同生死、共患难。好，这个条件我答应了。你只能嫁给我了，想逃也逃不掉。"寒，你说过的话你还记得吗？那么，再给我大声地唱一遍《死不了》吧。这是你对我一生一世的承诺，你不应该对我失约。

寒，你看到我裙摆上飞舞的蝴蝶了吗？你说过当你从校园的花圃边走过的时候，我就像一只蝴蝶闯进了你的视线，从此，不爱花的你爱上了花园里那一整片灿烂的蝴蝶花。而我看到的则是你潇洒的三步上篮动作。虽然当时你面前没有篮球筐，但是你还是认真地做了，从此我爱上了看篮球。你后来对我说，你要做我的黑马王子，带我去飞翔。八年过去了，从高中到大学，然后工作，虽然有时候我们也会吵闹，但我们还是走向了婚姻的殿堂。寒，你说的，终有一天你会带我去飞翔，但是你又一次对我食言了，我不会原谅你的，我会伤心的。你知道吗，我是多么的失望，这是我一直盼望的事呀。好了，我现在不生气，因为今天是我们结婚的日子，我一生只能做一次新娘，我要做你最美丽的新娘。

寒，我看到窗上大红的喜字了，我看到我们的爸爸妈妈了，还有你那些穿军装的同事们，看到他们来，你一定非常高兴吧？他们都站在门前来迎接我，他们为什么没有笑呢？今天是我们大喜的日子呀。我笑着，灿烂而真诚地笑着，但眼泪却大颗大颗地滚了下来。我忍不住，当我看到我们这些至亲至爱的人，我就忍不住了。我不想让他们看到我的悲伤，迅速用手抹干了眼泪。我要以最幸福、最美丽的样子来面对你，面对我们的亲人。

寒，你知道吗？我左手无名指上戴着你送我的戒指。从今天开始，你便是我永远的归宿。现在我要把你的那枚给你戴上，它代表着我的生命、我的爱情以及我终生对你的守候，你懂得吗？你的手还是那样的坚强有力，我小心地握着，把我的温暖传递给你，你微笑着，就如你从花店向我跑来时那样，嘴角微微向上牵着。我一遍一遍地抚摸着你的脸，它的每一个棱角，每一处纹路，我都要深深地记在心里，记在手心里，因为来世我还要凭记忆来寻找你。寒，让我最后吻你一次，做永远的

感
恩
爱
情

告别。你说过,希望看到我开心的样子,我哭的时候太丑了。这是最后一次了。从此以后,我不会再哭,我要坚强起来,因为我还要替你照顾我们的爸爸妈妈呢。你的肩膀是那么的宽厚有力,每次我把头靠在上面的时候就像走进了一个港湾,再也不害怕外面的风雨。闭上眼睛,这世界仿佛只剩下我们两个人了,好安静,好甜蜜……

"萍,起来吧,别哭了,让他走吧。"妈妈哽咽地唤醒我,把我揽在怀里。寒,你走了,你英挺的军装上仍然放着那束飞舞的蝴蝶花,渐行渐远。"寒,我是你今生的新娘。"

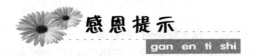

感恩提示
gan en ti shi

有些东西,拥有过就值得记忆一生一世。正如文中那个痴心女孩儿萍,她的寒已经永远地离去了,可她依然愿意为他终身守候。

看完这篇文章,我很感动,为那个执著的女孩,也为她的深情。在主张张扬个性的今天,年轻人那分分合合的爱情似乎早已司空见惯,爱情渐渐地被物质、金钱所侵蚀。我们应该庆幸自己还能看到人世间最纯真的爱情。虽然明知这只是作者虚构的故事,但我仍然希望它是真实存在的,因为在这个世界上已经很少有这样的爱情了。

人们都说,随着时光的流逝,所有的伤口都会愈合,所有的痛苦都会消退。但生命本身已经埋下了太多的苦难,这些苦难如同烈风侵蚀岩石一样,使爱情变成一件艰难的事情。

是不是动了心的爱情,都有着类似的心酸,就如同剥洋葱,闻起来弥漫着隐隐约约的甜味儿,但在不知不觉中,你已经泪水迷离。

(黄 影)

感·人·至·深·的·89·个·爱·情·故·事·

39

爱情是献给有勇气的人的。等待，换来的只是青春的消逝
与爱情的丧失。

等，一个美丽的错误

●文/陆 红

不知从哪一年起，似乎已是很久，他和她一直在等待着，企盼着。

读中学时，他是大队长，她是另一个班的中队长。他是个英俊的少年，绰号叫"外国人"，高高的个，白皙的脸，挺拔的鼻。她却是个丑小鸭，小小的眼，倔强而微翘的嘴。每学期年级考试总分张榜，他俩总名列前茅，不是他第一，就是她第一。可他们彼此记住了对方的名字，却从没说过一句话。每当他的身影出现在她的教室门口时，她总感觉到那双会说话的大眼睛向她投来深深的一瞥。有一次，当她惊恐却又情不自禁地向站在教室门口的他望去时，他正注视着她，友好而纯真地朝她微笑，她看呆了。

中学毕业，他和她考上了同一所大学。他在物理系，她在中文系。在图书馆和食堂不期而遇时，他依然向她投来亲切而迷人的微笑，她则腼腆地向他点点头。他没有问她住在哪幢宿舍，她亦不知道他住在几号楼。他们企求校园里的偶遇，等待对方主动地和自己攀谈。每次走过物理实验楼，她都不由自主地放慢脚步，心里暗暗盼望着能出现他矫健的身影，而他，却常常冷不防地出现在中文系的阅览室，心不在焉地翻阅着过期的杂志。

在一次圣诞晚会上，他和她擦肩而过。他英俊、潇洒的绅士风度赢得众多女生的青睐。她优雅、清秀，由昔日的"丑小鸭"变成了"白雪公主"。每支舞曲，她总被男士们抢着邀请。他只是静静地、默默地在远处看着她，露出那醉人的微笑。

她期待着他走向她，邀她翩翩起舞，他则静候着她和一个个舞伴跳至曲终。

三年级时，他写过一封长长的信，决意在和她再度相遇时塞给她，但他终于没有做出如此唐突的举动。而她的日记里却记载着他们每次相遇时兴奋、激动的心情。一晃四年就要过去了，他和她始终保持着一等奖的奖学金，同时也始终保持着似曾相识却又陌生的距离。

大学毕业时，他没有"女朋友"，她亦没有"男朋友"，他的"哥儿们"和她"姐儿们"都感到不可思议。

一个读哲学的他俩的中学校友,在一次同学聚会中听到他们的消息,便给两个人分别寄去了一本弗洛姆的《爱的艺术》,并在两本书序言的同一段话下画上红杠。

那段话是说,大多数人实际上都是把爱的问题看成主要是"被爱"的问题,其实,爱的本质是主动地给予,而不是被动地接受。

他和她都如饥似渴地读完那本书,都为之失眠。新年的第一天,他和她意外而惊喜地收到对方同样的一张贺卡。那别致的卡片上,一只叩门的手中飘落下一片纸,上面写着:我喜欢默默地被你注视着默默地注视着你,我渴望深深地被你爱着深深地爱着你。

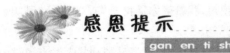

感恩提示
gan en ti shi

每天,许许多多的人从你身边经过时,你在等待吗?等待命中的他(她)的出现?每天,当心仪的他(她)从你身边经过时,你在等待吗?等待着他(她)主动对你说出第一句话?每天,当传递着爱意的眼神相遇时,你在等待吗?等待着他(她)把爱说出口?

为什么要等待呢?爱情,不应该等待。小说中的他与她,总是企盼着对方的主动,却始终保持着似曾相识而又形同陌路人的距离。两颗悸动的心,在等待中消耗着彼此的能量。他们一起走过中学、大学的日子,可是爱情却与他们擦肩而过。他曾写过一封长长的信,决意在和她再度相遇时塞给她,但他终于没有付诸实践。而她的日记里也满载着他们相遇时的兴奋,现实中却始终采取观望的态度。爱情就这样在时间的流逝中默默地等待着。等,真的是一个美丽的错误吗?不,它并不美丽,小说最后告诉读者爱情不应该在等待中度过。爱,就要勇敢地表达出来,否则等待的最后结果只会是爱情的消逝。小说中的他与她的等待最后终于在主动中画上了句号——他们都给予了对方爱情。

现实生活中的我们对待爱情,是否也与小说中的他们一样在等待呢?爱情是献给有勇气的人,等待,换来的只是青春的消逝与爱情的丧失。走出主动的第一步,你会发现爱情其实就在眼前。勇敢地对对方说出自己的爱,给自己、给对方一个爱的机会吧。

(陈碧芸)

"我想感受幸福,幸福是可以传染的。"我看着那些陪我一起度过了幸福时光的星星,让它们了解我的心事吧。

那么爱你为什么

●文/深蓝天空

●感
●恩
●爱
●情

42

　　影子最喜欢什么?阳光!他曾经对我说过,我希望你是我一辈子的影子。其实我很想告诉他,我愿意做你一辈子的影子。

　　和他的相遇有些糊里糊涂,其实我们以前就认识,但是是那种从来没有说过话的认识,仅此而已。冬天的夜晚总是有些凉意,为了庆祝,很多朋友一起去吃饭。当然,朋友中也有我和他。不知道为什么那天我喝了很多酒,也许是一种发泄吧。对生活的发泄!我喝醉了,为了不让父母看到我这个样子,我竟然很白痴地跟他去了一个很少有人出现的地方。那是一个医院里的凉亭,远远看上去蛮有诗意的,但想起那凉亭的旁边是太平间,不禁让我有点毛骨悚然。深蓝色的天空,让我有种想要飞的感觉,他抱着我,很温暖。

　　以后的日子,我们成为了很好的朋友,但那只是局限于网上。我们在网上谈着我们的往事,谈我们的理想,谈我们对爱情的态度……但都很少去谈自己的爱情。我知道,谁都不想提起那苦涩的回忆,虽然里面渗着甜蜜。

　　"如果我问你,我想跟你好,你会答应吗?"我看着电脑屏幕上的这行字,愣住了,我一直以为我们会成为很好的朋友,无话不谈。

　　"你觉得如果我们好,别人会怎么看,你觉得你的朋友,你以前爱的人会怎么想我?"其实我知道感情是两个人的事情,跟别人都没有关系,但生活跟梦并不一样,我是个现实的人。以后的几天我们再没有提过这件事。也许是我在逃避他吧。

　　可是感情不是自己就能够控制的,最后我们还是在一起了,很简单,我们都爱着彼此!

　　在这个冷漠的城市,我需要朋友,更需要他带给我的爱,带给我的幸福。虽然我们会为一点点小事而争辩起来,可是他每次都很包容我,让我开心。我喜欢这样依赖着他,喜欢在他的怀里睡着,就像我们第一次相遇那样,感受着他的呼吸,感受着他的温暖。我喜欢牵着他的手在街上乱逛,喜欢在夜晚和他一起坐在河边看星星,它们也在为我们感到幸福。

我们就这样一天天快乐地过着,虽然也有过伤心,有过泪水。但我一直都认为那只是生活的插曲,让我们的生活变得完美。他宠我,惯着我,什么都听我的,有的时候他会对我说,我都把你惯坏了。我知道他是很无奈的时候才这么说,他疼我,所以他不会对我有任何的责备。有时候我很爱欺负他,把他打得身上青一块紫一块,每次打完我就后悔了,干吗对他那么狠啊,又不是自己的仇人,看着他身上的伤真的有些心疼。我问他,疼吗?他总是笑着对我说,不疼,你真是我的"野蛮女友"啊。我会心地笑了,我知道那是一种叫幸福的东西。

在我们两人的天地中,我最爱幻想,想着我们的家是什么样子,想着我们以后的孩子,想着我们老了一起在夕阳的余晖下散步……

"我要走了,去一个离这很远的地方,我也不想走,可是我没有办法,为了以后能有更好的发展。"一句话打碎了我所有的幻想,我听见了碎片和心灵碰撞的声音,很刺耳。脑子一片空白,只是觉得眼泪像断了线的珠子,一颗一颗地滑落下来,这回我尝到了眼泪的味道——是咸的。

对于发生的一切让我对我们之间的爱变得绝望,我不知道我要怎么样。我不要他了,可是我能做得到吗?哭了不知道有多长的时间,只觉得自己累了,没有力气哭了。无论怎么样,我都是爱着他的。"我等你,等你回来。"我知道我说这句话的勇气。我又去了那个我们一起看星星的河边,恋人很多,看着他们脸上洋溢着幸福,想到将要离开我的他,泪水不由自主地流了下来。

"你在哪?"我听得出,电话里的他很焦急。

"我在河边,想一个人坐一会儿,你在干什么?好不好?"我知道我后面的那些话都是废话,他也不一定会听进去。正坐着,他来了,我没有说什么,继续望着将要变黑的天空,河风带来一丝丝的寒意。不禁让我打了一个冷颤,他搂着我。

"为什么要一个人跑到这里来?"看着那熟悉的眼神,我注视着,怕一眨眼的时间他就会消失在我的生命里。

"我想感受幸福,幸福是可以传染的。"我看着那些陪我一起度过了幸福时光的星星,让它们了解我的心事吧。

我们都没有再多说话,就这样度过了那个夜晚。以后的日子,我更加珍惜我们在一起的时光,而他却忙着为他的出行做准备。其实我可以理解他真的很忙,但后来我开始受不了他不在身边的日子,很长时间不见他会让我不知所措。甚至会对他发脾气。我知道我这样不好,可是我爱他,爱一个人就是这样的。那个时候，我爱上了小美的《亲爱的你怎么不在我身边》，我知道，我只是想让他在我身边。

对他说分手是以前常有的事，因为我想要他更在乎我，我想让他说爱我。也许我是在自欺欺人，但我知道他是不会骗我的。

最后一次对他说分手，其实我也只是想发发脾气，可是他还是那样地宠着我，他没有说什么。我真的以为我们就这样结束了，当时他要是说不分手，我绝对扑在他怀里说不要分开。他太听我的话了，电脑删除文件还让你确定一下Yes or No 呢，他就直接把我的话给执行了。还对我说了一大串让我都觉得难过的话，我知道他心如刀割。其实我很清楚，如果当时他要我嫁给他，我二话不说绝对愿意，就怕岁数不够。我实在受不了他的"傻"，只好对他说我是逗你的，结果他来了句让我特别无奈的话："我觉得你以后说分手不要相信就对了。"是啊！我在想："以后绝对不会再对你说分手了。你这么听话，我还敢吗？"

还记得他要走的前一个晚上，我们几个朋友整晚没有回家。到最后天快亮的时候，他靠在我的肩上睡着了，我用手抚摩着他的脸，他像个孩子一样，我想他在梦里一定很幸福吧！谁知道他醒的时候对我说了一句特让我伤感的话："一醒来就能看到你，真好。"我从来就没有觉得他像今天这么孩子气过，以前都是我对他撒娇，看着他那可爱的样子，真的叫我心疼。为什么？连自己都不知道，也许是莫名的感动吧。

就这样，我又过上了没有他在的生活，在远方的他每天仍然会给我一个电话，这也是我每天最期待的事情了。几句简单的问候，会寄去我带给他的淡淡的相思，希望他可以收到。

其实我们的生活就是一个又一个梦，有时候我们沉溺在梦里不愿意醒来。我们在梦里哭了笑了难过了开心了。当梦醒了，我们又开始另外一个梦，那些不愿意从梦里走出来的人，就永远地留在回忆中了。而我就是那个梦中人。一直在思考一个问题，那么爱你为什么？可是今天总算明白了，因为你就是你，所以那么爱你。我爱你！不再怀疑，只想对你说句："我愿意。"

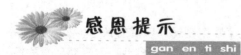

感恩提示

gan en ti shi

细心阅读，你会会心一笑：无论他们是斗嘴，吵架，分手还是甜蜜如糖，我们都能感受得到。在她的平淡细语中，我清晰地看到属于两个恋人的最真实的生活场景。

憨厚的男主人公和狡黠的女主人公。也许一如郭靖傻人有傻福，终抱得美人归吧。文章的线索很清晰,以他们感情的发展为线索。我们可以很容易地找到他们感情发展的每一个阶段,我们甚至能够预想到他们将来可能会共同走进婚姻的殿堂。

　　我们都是平常人,承受不起太多的变故,当心灵已经疲惫,我们该拿什么来疗伤?

　　世上难得有情人,真心地祝愿天下有情人终成眷属。

(谢蕊蔚)

你若是那含泪的射手
我就是那一只
决心不再躲闪的白鸟
只等那羽箭破空而来
射入我早已碎裂的胸怀
你若是这世间唯一
唯一能伤我的射手
我就是你所有的青春岁月
所有不能忘的欢乐和悲愁
就好像是最后的一朵云彩
隐没在那无限澄蓝的天空
那么让我死在你的手下
就好像是终于能
死在你的怀中

第二辑
他和她的故事

我叮咛你的
你说不会遗忘
你告诉我的我也全部珍藏
对于我们来说
记忆是飘不落的日子
永远不会发黄
相聚的时候总是很短
期待的时间总是很长
岁月的溪水边
拣拾起多少闪亮的诗行
如果你要想念我
就望一望天上那
闪烁的繁星
有我寻觅你的
目光

那橡树上挂满了黄手绢,二十条、三十条,兴许有几百条吧,好像微风中飘扬着一面面欢迎他的旗帜。

黄 手 绢

◆文/[美]彼·哈米尔

48

  三个姑娘和三个小伙子一行六人,在第三十四街搭上了长途汽车。他们准备去佛罗里达州的海滨小城贾克逊威尔度假,他们的纸袋里装着三明治和酒,纽约城阴冷的春天在他们身后悄然隐去。现在,他们正对金色的沙滩和滚滚的海潮,充满了无穷的渴望。

  车过新泽西时,他们发现车上有个人像尊雕像似的,一动不动。这个人叫温葛,坐在这帮年轻人面前,风尘仆仆的脸像张面罩,叫人猜不透他的真实年龄。他穿着一套不合身的朴素的棕色衣服,手指被烟熏得黄黄的,坐在那儿一声不吭。

  深夜,长途汽车在一家名叫霍华特·琼森的饭馆门口停下了。除了温葛,大家都下了车。这几个年轻人很想知道他是什么人,纷纷猜测他的身份:也许是个船长?也许是抛弃了妻子溜出来的?当然也有可能是退伍回家的。

  汽车再次出发,有个女孩坐到了温葛身边,跟他搭讪起来。

  "我们去佛罗里达。"姑娘朗声说,"您也去那儿吧?"

  "我不知道。"温葛说。

  "我从没去过那地方,"她说,"据说那儿很美?"

  "很美。"他低声说,同时脸上的表情发生了变化,使人觉得似乎有一件他一直想尽力忘怀的事袭上心头。

  "你在那儿住过?"

  "我曾在贾克逊威尔当过海军。"

  "来口酒?"女孩把酒瓶递到温葛面前问。他笑了笑,接过酒瓶猛喝了一口。谢过她,他又一声不吭了。

  过了一会儿,温葛入睡了,于是女孩回到同伴那里。

  第二天清晨,当几个年轻人被吵醒时,发现汽车又停在一家饭店前了。这次温葛下车进了饭馆。那姑娘一再请他跟他们一起用餐。年轻人兴致勃勃地讨论着如何在海滩上露营,而他却显得毫无兴趣。他只点了一杯黑咖啡,神经质地抽着烟。回到车上,那姑娘又坐在温葛旁边。过了一会儿,他开始痛苦地、缓慢地对她说起了自己的身世。原来,温葛刚从监狱里放出来,他在纽约坐了四年牢,现在他正回家去。

"您有妻子吗?"

"不知道。"

"怎么会不知道?"她疑惑不解地问道。

"唉,怎么对您说呢。我在牢里写信给妻子,告诉她,如果她不能等我,我非常理解。我说我将离家很久,要是她无法忍受,要是孩子们经常问她为什么没有了爸爸——那会刺痛她的心的,那么,她可以将我忘却而另找一个丈夫。真的,她算得上是个好女人。我告诉她不用给我回信,什么都不用,而她后来也的确没有给我写回信。三年半了,一直音信全无。"

"现在你在回家的路上,这她也不知道吗?"

"是这么回事,"他难为情地说,"上个星期,当我确知我将提前出狱时,我写信告诉她:如果她已改嫁,我能原谅她,不过要是她仍然独身一人,要是她还没有嫁人,那她应该让我知道。我们一直住在布朗斯威克镇,就在贾克逊威尔的前一站。一进镇,就可看到一棵大橡树。我告诉她,如果她希望我回家,就在树上挂一条黄手绢,我看到了就下车回家。假如她已经忘记了我,那她完全可以忘记此事,也不必挂黄手绢,我将自奔前程——前面的路还长着呢。"

"呀,原来是这么回事!"姑娘感到十分惊奇,于是把事情告诉了伙伴们。温葛还拿出他妻子和三个孩子的照片给他们看。

距布朗斯威克镇只有二十里了,车里的年轻人赶忙坐到右边靠窗的座位上,等待那大橡树扑入眼帘,渴望出现黄手绢。而温葛却很心怯,他不敢再向窗外观望。他重新板起一张木然的脸,似乎正努力使自己在又一次的失望中昂起头。只差十里了、五里了。车上静悄悄的,只有紧张急促的呼吸声。

突然,晴天一声霹雳,几个年轻人一下子都站起身,爆发出一阵欢呼!他们一个个欣喜若狂,手舞足蹈。

只有温葛被窗外的景象惊得呆若木鸡。那橡树上挂满了黄手绢,二十条、三十条,兴许有几百条吧,好像微风中飘扬着一面面欢迎他的旗帜。在年轻人的呼喊声中,温葛慢慢地从座位上站起身,下了车,腰杆挺得直直的,迈出了回家的步子……

世上最永恒的爱情就是无尽的等待；世上最唯美的爱情就是无尽的等待；世上最感人的爱情就是无尽的等待。

那封信，那封装载着一颗红心的信，架成一座长长的桥，连接了冷酷的监狱与温情的小镇，连接了两个年轻人相盼的心。为了使对方安心，他们都选择了等待，选择了绵绵无期的等待。尽管望穿秋水，他们都坚守这一份爱情；即使无任何誓言，他们都永葆对对方的关爱。

我不知那位退伍军人是怎样熬过这漫长的四年，回想起妻儿，他那外表坚硬但其实柔软的心是否会被灼痛？为了妻儿的幸福、自由，他表现得大度，表现得宽容，只给自己留下深沉的爱与痛。

那位妻子，该是美丽的，善良的吧？她不回信，是因为她收不到还是害怕她那位自尊的丈夫再一次叫她另觅他人，让她本已柔弱的心破碎？于是她选择了沉默，选择了等待。她挑起了担子，柔细的肩膀上担负着三个孩子的全部生活。

那些黄手绢，那些随风飘扬的黄手绢，是那么的壮观！同时它们又是那么的深沉。它们遮盖了树木本来的绿色，却向人们宣示着它们深沉的含义：你快回家吧，我和孩子们都正等着你呢！

（鲁箐箐）

在那块洁净的豆青色油布中央，有两个紧紧偎依在一起的淡紫色人形。

紫色人形

◆文/毕淑敏

那时我在乡下医院当化验员。一天到仓库去，想领一块新油布。

管库的老大妈，把犄角旮旯翻了个底朝天，然后对我说，你要的那种油布多年没人用了，库里已无存货。

我失望地往外走,突然在旧物品当中,发现了一块油布。它折叠得四四方方,从翘起的边缘处,可以看到一角豆青色的布面。

我惊喜地说,这块油布正合适,就给我吧。

老大妈毫不迟疑地说,那可不行。

我说,是不是有人在我之前就预订了它?

她好像陷入了回忆,有些恍惚地说,那倒也不是……我没想到你把它给翻出来了……当时我把它刷了,很难刷净……

我打断她的话,就是有人用过也不要紧,反正我是用它铺工作台,只要油布没有窟窿就行。

她说,小姑娘你不要急,要是你听完了我给你讲的这块油布的故事,你还要用它去铺桌子,我就把它送给你。

我那时和你现在的年纪差不多,在病房当护士,人人都夸我态度好技术高。有一天,来了两个重度烧伤的病人,一男一女,后来才知道他们是一对恋人,准确地说是新婚夫妇。他们相好了许多年,吃了很多苦,好不容易才盼到大喜的日子。没想到婚礼的当夜,一个恶人点燃了他家的房檐。火光熊熊啊,把他们俩都烧得像焦炭一样。我被派去护理他们,一间病房,两张病床,这边躺着男人,那边躺着女人。他们浑身漆黑,大量地渗液,好像血都被火焰烤成了水。医生只好将他们全身赤裸,抹上厚厚的紫草油,这是当时我们这儿治烧伤最好的办法。可水珠还是不断地外渗,刚换上的床单几分钟就湿透。搬动他们焦黑的身子换床单,病人太痛苦了。医生不得不决定铺上油布。我不断地用棉花把油布上的紫色汁液吸走,尽量保持他们身下干燥。别的护士说,你可真倒霉,护理这样的病人,吃苦受累还是小事,他们在深夜呻吟起来,像从烟囱中发出哭泣,多恐怖!

我说,他们紫黑色的身体,我已经看惯了,再说,他们从不呻吟。

别人惊讶地说,这么危重的病情不呻吟,一定是他们的声带烧糊了。

我气愤地反驳说,他们的声带仿佛被上帝吻过,一点儿都没有灼伤。

别人不服,说既然不呻吟,你怎么知道他们的嗓子没伤?

我说,他们唱歌啊!在夜深人静的时候,他们会给对方唱我们听不懂的歌。

有一天半夜,男人的身体渗水特别多,都快漂浮起来了。我给他换了一块新的油布,喏,就是你刚才看到的这块。无论我多么轻柔,他还是发出了一声低沉的呻吟。换完油布后,男人不做声了。女人叹息着问,他是不是昏过去了?我说,是的。女人也呻吟了一声说,我们的脖子硬得像水泥管,转不了头,虽然床离得这么近,我也看不见他什么时候睡着什么时候醒,为了怕对方难过,我们从不呻吟。现在,他呻吟了,说明我们就要死了。我很感谢您,我没有别的要求,只请你把我抱到他的

感·人·至·深·的·89·个·爱·情·故·事·

床上，我要和他在一起。

女人的声音真是极其好听，好像在天上吹响的笛子。

我说，不行。病床那么窄，哪能睡下两个人?她微笑着说，我们都烧焦了，占不了那么大的地方。我轻轻地托起紫色的女人，她轻得像一片灰烬……

老大妈说，我的故事讲完了，你要看看这块油布吗?

我小心翼翼地揭开油布，仿佛鉴赏一枚巨大的纪念邮票。由于年代久远，布面微微有些粘连，但我还是完整地摊开了它。

在那块洁净的豆青色油布中央，有两个紧紧偎依在一起的淡紫色人形。

感恩提示
gan en ti shi

不知谁说过，痛苦时最好的治疗方法就是吼叫!

灼伤，烧伤是否痛苦，我不知道，因为没试过。但从护士们的谈话中我们可以窥见这对男女一定很痛苦，但他们为了怕对方难过，从不呻吟，而是在夜深人静的时候唱一些护士们听不懂的歌。幸福的恋人!比痛苦更痛苦的是听见所爱的人痛苦的呻吟。为了不让自己所爱的人更痛苦更难过，两人把痛苦吞进肚子里，独自承受着自己的痛苦。双方用上帝吻过的声带唱出柔美的歌曲，给爱人听，将自己的爱与对方同享，伟大的爱!

想起一位空难幸存者在开刀之后因不忍让母亲伤心落泪，硬是咬住毛巾忍住眼泪，不哭不叫，不闹，虽然满医院都是鬼哭狼嚎般的吼叫，但那位幸存者居然忍受着刀口的痛，不哼不叫。虽然儿子如此痛苦，但为了不让母亲担心，他拒绝了呻吟的权利。

看了这个故事，我懂得了什么是爱。

爱其实就是把痛苦吞下去，吐出幸福与安慰，把呻吟吞下去，吐出安慰!

(彭怿湄)

·感
·恩
·爱
·情

52

那座老自鸣钟后来就定格在 12 点，就如上了锈一样，任人们怎么拨转就是一动也不动。

老 爱 情

◆文/苏 童

我这里说的爱情故事也许让一些读者失望，但是当我说完这个故事后，相信也有一些读者会感到一丝震动。

话说 70 年代，我们香椿树街有一对老夫妇，当时大约是六七十岁的样子，妻子身材高挑，白皮肤，大眼睛，看得出来年轻时候是个美人，丈夫虽然长得不丑，却是一个矮子。他们出现在街上，乍一看，不配，仔细一看，却是天造地设的一对。为什么这么说呢?这对老夫妻彼此之间是镜子，除了性别不同，他们的眼神相似，表情相似，甚至两人脸上的黑痣，一个在左脸颊，一个在右脸颊，也是配合得天衣无缝。他们到煤店买煤，一只箩筐，一根扁担，丈夫在前面，妻子在后面，这与别人家夫妇扛煤的位置不同，没有办法，不是他们别出心裁，是因为那丈夫矮，力气小，做妻子的反串了男角。

他们有个女儿，嫁出去了。女儿把自己的孩子丢在父亲那里，也不知是为了父母，还是为了自己。她自己大概一个星期回一次娘家。

这是一个星期天的下午，女儿在外面"咚咚咚"敲门，里面立即响起一阵杂沓的脚步声，老夫妇同时出现在门边，两张苍老而欢乐的笑脸，笑起来两个人的嘴角居然都向右边歪着。

但女儿回家不是来向父母微笑的，她的任务似乎是为埋怨和教训她的双亲。她高声地列举出父母所干的糊涂事，包括拖把在地板上留下太多的积水，包括他们对孩子的溺爱，给他吃得太多，穿得也太多。她一边喝着老人给她做的红枣汤，一边说:"唉，对你们说了多少遍也没用，我看你们是老糊涂了!"

老夫妻一听，忙走过去给外孙脱去多余的衣服，他们面带愧色，不敢争辩，似乎默认这么一个事实，他们是老了，是有点老糊涂了。

过会儿，那老妇人给女儿收拾着汤碗，突然捂着胸口，猝然倒了下来，死了，据说死因是心肌梗塞。死者人缘好，邻居们听说了都去吊唁。他们看见平时不太孝顺

53

的女儿这会儿哭成了泪人儿了,都不觉奇怪,这么好的母亲死了,她不哭才奇怪呢!他们奇怪的是那老头,他面无表情,坐在亡妻的身边,看上去很平静。外孙不懂事,就问:"外公,你怎么不哭?"

老人说:"外公不会哭。外婆死了,外公也会死的,外公今天也会死的。"

孩子说:"你骗人,你什么病也没有,不会死的。"

老人摇摇头,说:"外公不骗人,外公今天也要死了。你看外婆临死不肯闭眼,她丢不下我,我也丢不下她。我要陪着你外婆哩。"

大人们听见老人的话,都多了心眼,小心地看着他。但老人并没有任何自寻短见的端倪,他一直静静地守在亡妻的身边,坐在一张椅子上,他一直坐在椅子上。夜深了,守夜的人们听见老人喉咙里响起一阵痰声,未及人们做出反应,老人就歪倒在亡妻的灵床下面了。这时就听见堂屋自鸣钟"当当当"连着响了起来,人们一看,正是夜里12点!

正如他宣布的那样,那矮个子的老人心想事成,陪着妻子一起去了。如果不是人们亲眼所见,谁会相信这样的事情?但这个故事是真实的,那对生死相守的老人确有其人,他们是我的邻居,死于70年代末的同一个夜晚。那座老自鸣钟后来就定格在12点,就如上了锈一样,任人们怎么拨转就是一动也不动。

这个故事叙述起来就这么简单,不知道你怎么看,我一直认为这是我一生能说的最动人的爱情故事。

 **感恩提示**
gan en ti shi

·感
·恩
·爱
·情

54

感动常常使我们发现一切语言都是苍白无力的。但这次,我愿意用我拙劣的语言诉说我的感动。

生死相随的爱情似乎在尘世间并不少有。我为那些含有轻生意味的死亡感到遗憾。他们会因爱而选择结束自己的生命,使种种伤痛陷入万劫不复之中。我觉得文章中老头的死亡,或许是出于自然。因为自然不会总与人的意志相违背。或许是因为他们的爱,感动了上帝。爱是一种选择。老头为了爱,而选择使生命的自然结束变得从容与安定,不带走尘世间中的一粒尘埃。

为这种爱情所感动,所震撼,亦为他们的死亡感到欣慰。或许,在他们于天堂相遇之时,人世间一切苦难和伤痛,在他们的心里都不复存在。他们如初生的孩子般纯洁,他们相爱。他们的爱情就像是人类初生下来的那种原始的欲望一样无瑕,无私,不带有一丝的功名利禄之嫌。没有子女的束缚,没有世间一切的喧嚣。

　　以前我从不相信生死相随是一件不老的事情。今天我想说,苏童所谓的"老爱情",应该是经典的,它能够经得起时间与历史的考验,它是能够在世上无数已逝或存活或未出生的人类之中继续生长的。它是不朽的,是永恒的。

(刘 蓬)

　　　无论玛丽亚怎么劝说,克劳斯顿都不为所动。他站在亚马雷思镇最繁华的街道上,将为妻子征婚的传单一张张散发到路人手中……

最深沉的爱情

◆文/一 哲

　　约翰·克劳斯顿是英国的一位牧师,他的妻子比尔·玛丽亚是一名护士。

　　1854年,38岁的约翰·克劳斯顿患了食道癌,生命即将走到尽头。

　　在一个微风吹拂的黄昏,克劳斯顿对陪自己散步的妻子说:"我曾经对你承诺要陪你白头到老,请你原谅,现在我不能履行自己的诺言了。我有一个最后的心愿,就是希望在告别尘世前,帮你找到一个善良的男人,让他来替我完成爱的使命。"

　　玛丽亚紧紧抓着克劳斯顿的手说:"我也对你承诺过,今生我的爱只献给你一个人,我宁愿一个人孤独,也不能背叛对你许下的诺言。"

　　"不!亲爱的,如果我撇下你一个人在尘世上孤苦伶仃,我会很愧疚的。只有你在这个美丽的世界上幸福地活着,我在另一个世界里才会开心。你不记得了吗?我们说过,爱,就是为了让对方更幸福。这才是我们最应该遵守的诺言呀。"

　　当死神向克劳斯顿逼近时,他并不为自己的生命担忧,而是为妻子今后的幸福着急。知道自己时日不多的克劳斯顿,抓紧时间为实现自己人生中最后一个心愿而努力。他印发了大量的传单,传单上写着:我,约翰·克劳斯顿,将不得不向这个我依恋的世界说再见。我知道对于我的妻子而言,这是不公平的。我说过要陪她白头到老,可是我不能完成这个爱的使命了。希望有一位善良、懂得爱的男人来替我完成这个使命。因为我的妻子——36岁的玛丽亚是一位善良、美丽的护士,她是一个值得爱的女人。她的住址是亚马雷思镇教堂街9号。

无论玛丽亚怎么劝说,克劳斯顿都不为所动。他站在亚马雷思镇最繁华的街道上,将为妻子征婚的传单一张张散发到路人手中……

然而,病魔并不给克劳斯顿实现他人生最后一个心愿的时间,在弥留之际他叮嘱妻子:"请人将传单上的征婚内容刻在我的墓碑上……生前我不能找到一个接替我的人……死后我也要去找……"

克劳斯顿走了,玛丽亚按照克劳斯顿的遗愿,在他的墓碑上刻上:我,约翰·克劳斯顿,将不得不向这个我依恋的世界说再见。我知道对于我的妻子而言,这是不公平的。我说过要陪她白头到老,可是我不能完成这个爱的使命了。希望有一位善良、懂得爱的男人来替我完成这个使命……

在克劳斯顿去世不久,玛丽亚就嫁给了一个教师。因为丈夫使她对爱情有了更深的理解:爱情不仅仅是两人都活着时的耳鬓厮磨,相濡以沫,更是在对方走了之后,自己能更快乐更幸福地活着。她知道,只有她找到新的归宿,才能让克劳斯顿在另一个世界安心。虽然玛丽亚实现了克劳斯顿的心愿,但她并没有将墓碑上的"征婚启事"抹去,她要让更多的人知道,她拥有一份最深沉的爱。

一百多年过去了,那块刻着"征婚启事"的墓碑依然伫立在克劳斯顿的坟前,凡是见过那块墓碑的人都会对克劳斯顿充满敬意——为他那份对妻子最无私、最深沉的爱情。

 **感恩提示**
gan en ti shi

约翰,我的爱人。你的心我感觉到了。在与你走过的日子里,我感觉到世界是美丽的,一年四季都是开满鲜花的。如今,你离开我了,让我感到无助与痛苦。这种痛苦在我心中已无法消除。可是,你爱我。你要让我为你,在这世界上活着更幸福。你让我不要孤单一人,要我幸福地活着。

你在世之时无法与我度尽此生,可是你并不背叛你的诺言。我知道,你会在天堂,俯视着我。所以我必须让自己做好自己答应了你的事情,我要在这个美丽的世界上幸福地生活着。

我不悲伤。我有着世上这最深沉的爱。亲爱的,我要感谢你。感谢你让我在尘世间曾经拥有如此绚烂的回忆,它们可以在你离开我以后的每个夜里,在我思念着你的夜里,在我的心里,慢慢地蔓延开来,融入我的心。

再会吧,我的爱人,爱有多深,让我如今还是难舍难分。

有太多动人的歌,太多美好的梦,陪我们曾经相爱在黎明黄昏。

外面是辽阔天空,温暖和风,和许多等着去实现的梦。

请带着爱过的心,我的祝福,从今以后,不再回首。

······

再会吧,我的爱人,愿我们在天堂会有一次美丽的相遇,一如当初我们相爱,如此美好。

（刘 蓬）

"我有一种预感,你将作为我的伴侣,分享我人生的苦难!"
那最初的情书就像一条通栏标题定格在我的眼前。

征文征出的生死情

◆文/许申高

一

那是1991年4月份的事。当时的《读者文摘》(现名《读者》)正举办"十年征文"活动,首次刊登的三篇征文作品中有一篇题为《我的财富》的文章,作者是青海乐都县的一名普通女性,名叫王国玫。文末注有作者的详细通信地址。

从这篇质朴无华的作品中,我读出了她的才气与优秀,尤其是文中的"我",远道购书风尘仆仆的形象,一如我梦想中的女孩。说来奇怪,一向不爱与人通信的我,竟鬼使神差地给她写了一封信,信中直截了当地告诉她:"读过你的作品,我有一种预感,你将作为我的伴侣,分享我人生的苦难……"心高气傲的我发出这封霸气十足的信后,突然间又后悔自己一时的冲动:未免太冒昧太荒唐了吧——要是人家是有夫之妇,要是人家男儿身女儿名文章也是糊弄人,那该怎么办?我心下一急,忙奔往邮局打算取出那信,不料迟了一步,邮局已经关门。

很久之后,我居然收到了一封寄自青海的来信。娟秀的字体令我怦然心动,特别是精心折叠的信笺,恰似一只展翅欲飞的鸟。信中她不无讥诮地问我:"……为了创作,我已荒废了学业,你能忍心因为其他,让我荒废更多吗?"我不由一阵心悸:天哪!才是一位高三学生!我只好克制自己对她的迷恋,简单地写了一封祝她考上大学的信。

其实,当时的她每天都能收到读者来信数十封。为不冷落热心的读者,她白天上学,晚上读信复信,几个月里邮资就花了好几百元。父亲特别节俭,骂她乱花钱;严厉的老师责备她不上进;好奇的同学们羡慕她朋友遍天下……结果呢?她以15分之差名落孙山。

这可闯了大祸。一直将她当"秀才"而且在人前吹嘘她一定能考上大学的爷爷在考分公布的第二天竟给气死了。于是,她像罪人似的长跪在爷爷的棺木前,哭成了一个泪人。

爷爷出殡后的第二天,四面楚歌的她收到了我写给她的第三封信。在第一封信中我称她为:"王国玫君",加上了一个君字;第二封信我称她为"国玫君",减了一个王姓;这第三封信依次递减理所当然成了"玫君"。也许是这个称谓对她具有一种莫名其妙的震撼力,她终于向我敞开了少女的心扉。她在信中告诉我:"因为我的那篇文章,全国各地读者来信逾千封,多数是男孩写来的,其中不少欲'图谋不轨',却又遮遮掩掩,能像你这样直奔主题的,实在绝无仅有。而且,你是唯一没有向我索求照片的求爱者。看来,你很相信自己的感觉,以为我并不丑陋。"我也去信告诉她:"是的,我确信你是一位不媚俗的漂亮女子。但是,在你我未曾谋面之前,我不希望将你拘泥于一张照片中,以此凝固我的想象。"我是一个赌性很强的人,说到做到,后来一直到结婚,我没有得到她的一张照片。从这点上,我也看出了她是一位很自信很特别的女孩。

但在中秋节前夕,我主动给她寄去了一张照片和一盒歌带。在题字"去向何方"的照片中,目视前方的我站在一排紧闭的大门前,脚边放着一个旅行袋,看上去就像一个远行后尚未找到归宿的人。歌带上录有一首我清唱的歌——《我想有个家》。后来听她说,接到这份礼物时,正是中秋节,更巧又是她的生日。这意外的惊喜使她相信爱的天空有神的指引和安排。那天,她把自己关在房子里,一面听着《我想有个家》的歌声,一面看着题字"去向何方"中无家可归的流浪汉,终于泪流满面。其实她也知道,这张照片是我当时处境的真实写照。

生日中的她为我写下了这样的诗句:"……我等你,等到花开花落,等到月缺月圆,等到形容憔悴,等到梦想成真!我相信你会来,也许在一个大雪纷飞的早晨,也许在一个日落西山的黄昏……"

一段时间里,这种离奇的恋爱受到双方身边不少人的嘲弄和嗤笑,尤其是她父母,竭力反对这桩婚事,但最终拗不过她。我们已经相约了一个见面的日子。

当时,长沙—兰州的航班刚开通,在长沙工作的同学决定为我购买一张机票。于是,我将抵达兰州的时间告诉了她。谁知道后来机票没买上,而坐火车怎么也赶不上约定的时间,结果让她苦等了一整天,陪伴她的同学气得大骂:"准是个骗子!"同学走了,她固执地等着!

在西行的列车上,心急火燎的我坐立不安。临近乐都,我的心更为忐忑。毕竟,我不能完全摆脱世俗的考虑:我的贫穷与寒碜是否经得起她家人的审视?除此之外,我更担忧的是,一旦见面,两个完全陌生的人会不会各自露出大失所望的神态?总之,这段恋情,会不会像青春岁月里的许多梦,以浪漫开始,而最终却无一例外地幻灭呢?

黄昏,在我们相约的站牌下,我一眼看见有位穿黄风衣的女孩正义无反顾地向我走来。一定是她!难以相信,她果真如我梦中一样的美丽,像她的文章一样质朴。

"你,才来!"她望着我,眼中亮着晶莹的泪花。

我好感动。在此之前,我们虽然天各一方地相爱了许久,却未曾谋面,想不到竟然一见如故。我一把握紧她的手,千言万语哽咽在喉头……

二

一个星期后,我带她回湖南,随行的还有她父亲。

在我供职的那所学校里,她父亲环视着不足20平方米的小住房以及室内简陋的陈设,脸上露出了鄙夷和不悦。晚上,他单独对女儿说:"你全看见了,啥都没有,与他过日子不容易。明天跟我回吧。"她毫不犹豫地说:"爸爸,你和妈妈当初不也是白手起家的吗?请相信我们吧!"父亲无言以对。

这年冬天一个很平常的日子里,我和她在一位朋友的茶座里举行了简单而别致的婚礼——拼上几张条桌,摆上一些水果点心,来宾人手一杯葡萄酒,祝辞过后,大家像沙龙聚会一样尽兴地聊了一个通宵。

婚后,我离开学校,与她开办了一家书屋。

次年10月,一个小精灵伴着初升的太阳呱呱坠地。我们给这个缘于一篇征文的儿子取名文心。

正当我们沉浸在小家庭的欢乐中时,灾难却不期而至。那天,我送一位朋友去火车站,归途中淋了一场暴雨。当天下午,我开始发高烧,继之肚子疼痛难忍,并伴有呕吐现象。早年,我因突发性肠炎动过一次手术。莫非这次是旧病复发?经医院检查，果真！

经过一个星期的保守治疗，病情不仅没有缓解，反而更加严重。撕心裂肺的疼痛，一阵阵的呕吐几次使我昏迷过去。最终，我被送上了手术台。剖开腹腔，肠子已经广泛粘连，面对这一团乱麻，医生无从下手……四个小时后，从外地赶来的专家和主刀医生通过会诊，最终无奈地缝合了刀口，手术失败。

因肠黏膜发炎而导致的肠炎如果不予解除，意味着病人从此不能排解大便，其后果可想而知。哭干了眼泪的妻子最后选择了一个不是办法的办法：长期输液，延缓我的生命！

我在昏迷中不知度过了多少个日日夜夜。冥冥中，突然从地狱中醒来的我，看见爱人一手搂着儿子，一手为我按摩腹部。激动之下，我全身痉挛，大肠剧痛，随之是一阵痛快淋漓的狂泻。"通了！"我嘶哑地叫道。妻子一见这情景，顾不上收拾我屁股下的脏床单，扑过来脸贴着我的脸，任泪水痛痛快快地流了个够。

一位料定我必死无疑的医生不相信这个奇迹，事后解释道：有可能是他爱人几天几夜坚持不懈的腹部按摩起了作用。我想也是这道理。

俗话说一病百病。极度虚弱的我虽然脱离了生命危险，但失去了免疫力，几乎同时染上了肠结核和心包积液。治疗心包积液必须用激素药，而激素药会导致结核扩散。无奈之下，医生不得不使用激素药，否则，心包积液会导致病入膏肓。心包积液治好后，扩散的结核杆菌侵入了我的五脏六腑和每一寸肌肤，腹膜结核、骨结核、淋巴结核……各种结核记满了我的病历。随之，大量抗痨药致使肝肾中毒。各种强制治疗一天到晚折磨着我，腹腔抽液，骨髓穿刺，石膏定位……我开始颓废消沉。

书屋距医院不过几十米，王国玫一会儿跑书屋，一会儿跑医院；喂过孩子又喂我，忙得团团转。夜深人静时，她强睁着眼皮给我这位睡晕了头的病人读一些振作人心的小文章。

每当我问起医疗费时，她总是轻描淡写地说："你别急，还能对付。"

那时候我哪里知道，为凑每日将近200元的医疗费，她已经借遍了所有能借的亲戚朋友，最后不得不向她父亲伸手。第一封电报拍过去，没有回音，第二次第三次都没回音。她终于死心，发誓不再回青海。不料一个月后，一笔2万元的汇款寄了过来，附言栏内有八个字：早日康复，发愤图强！捧着这张汇款单，她突然理解了"葛朗台一样悭吝"的父亲的一片苦心。

后来我才知道，住院期间，在我妻子四处奔波八方呼援的感召下，人间温暖纷至沓来，演绎出无数动人心弦的故事，足以影响我的一生，并为我后来的创作奠定了一种激昂的基调。

可当时，病榻上的我对此浑然不知。当爱人为筹款将书屋变卖后，我万念俱灰,待病情稍有好转,就执意回到乡下老家,栖居在几乎与世隔绝的一间土坯房子里。妻子拗不过我的倔脾气,只得随我。在这间潮湿昏暗的房子里我们一住就是两个春秋。

每天,她像服侍坐月子的女人一样服侍我,还得上医院请护士为我输液。哄睡儿子安顿好我后,她又忙里偷闲地走向村头庄稼地,拾一捆干柴,拣一把青菜……曾经浪漫如诗的她变成了一位忍辱负重不露声色的强女人。她不再落泪,不再诉苦。看着她进进出出忙碌不停的身影,我感觉她就像一位忠实的女仆。

我的心开始悄然流血——"我有一种预感,你将作为我的伴侣,分享我人生的苦难!"那最初的情书就像一条通栏标题定格在我的眼前。可是,老天无眼,这哪儿是"分享",分明是她独自承担。一个弱女子的双肩何以承载我诸多的山一般沉重的苦难?!我决定狠心撵走她!

怀着放飞一只小鸟的悲壮,我开始在她面前怨这怨那,甚至动不动就摔碗。开始,她一忍再忍,像做错事的孩子一样低头无语,尽量遂我心愿。菜淡了,忙加盐;咸了,又重炒……可是,我的挑剔越来越频繁,我的言语越来越蛮横无理。忍无可忍的她终于与我顶撞起来:"婆婆妈妈的,像个男人吗?"我脱口而出地吼道:"你重新找男人去!你滚,给我滚!"她惊讶地望着我,然后扭头冲进房里,关上门悄悄地哭。哭够之后,她又没事似的走出来,行使她"仆人"的职责。

这样反反复复数次后,她终于悄悄地离开了我。那是一个细雨霏霏的早晨,她像平常一样,照例给我端上一碗鸡汤,照例将房子收拾整洁……不同的是,忙完家务,她不知从哪儿掏出一盒巧克力送给儿子,说:"文心,妈妈上街去了,你陪爸爸好好玩。"然后骑上单车走了。平常,她也是这时候上街买菜或者请医生去的,所以我没在意。

可这天,她没有及时回来。我知道她走了。晚上,儿子哭着找我要妈妈,我只得拥着儿子哄他:"妈妈打工去了,很久很久才会回来。"不懂事的儿子在我怀中哭着嚷着睡着了,梦中还一个劲儿地叫妈妈。

这一夜,我躺在床上辗转反侧,百感交集。回味与她相恋相爱的每一个日子,我肝肠寸断。这场浪漫的婚姻就此了结了吗?原想,让她远离我的灾难会使愧疚的我轻松一些;却不料,她果真离去之后,我悲怆的心也随之被她携走,不知飘零何处。

连续几个晚上彻夜不眠,使我日渐好转的病情又加重了。我忍受不了这种夜不能寐牵肠挂肚的折磨,开始派人打听她的下落,青海、广州,所有能联系的地方都联系了,没有她的消息。试想,如果你挚爱的妻子突然失踪,你会是什么感觉?我知道,当时的我,痴痴呆呆的,几乎要疯了。几位好友见我这样,便筹集了一笔钱,决定分头寻找。

正在这节骨眼上，她从长沙打来电话。我在公用电话亭听到话筒中她问候我的声音时，竟当众泣不成声："你快回来吧……"已在服装厂上班的她答应了我的恳求。

她要回来的消息儿子并不知道。可我一直觉得奇怪的是，好久不向我要妈妈似乎彻底忘记妈妈的儿子，这天早上正在凳子上摆火柴棍玩，摆着摆着，他突然站起身子，嘴里叫道："妈妈!妈妈!"然后就像小狗一样钻出门外，往街道的方向奔去，跑了一里多路，年迈的爷爷才将他追回来。

傍晚，爱人到家后，听说这事，搂紧儿子忍不住哭道："儿子，你是妈妈心头上的肉……"原来，当时正好是妻从长沙启程回家的那一刻。

深夜，等儿子睡着后，我一把抓紧她的手，袒露了我撵走她的真实心迹。她恍若梦醒，一头扎进我怀中……

后来，在她精心的护理下，经过长时间的治疗，我彻底病愈，重新开始文学创作。

以后三年，在债务如山的日子里，我和她始终患难与共，风雨同舟，一步步走出了困境。

回首往事，我不得不感谢那本《读者文摘》。如果没有她的倾心相爱，我就走不出那场灾难。

感恩提示
gan en ti shi

读完这篇文章，我泪流满面。两个人因为一篇文章，因为内心相同的心性，而演绎了一段人世间最可贵的情谊。问世间什么最动人？情字无价。她才华横溢，他心性高洁。两个人不顾尘世的喧嚷，毅然走在一起，且走过了众多的风风雨雨。"你将作为我的伴侣，分享我人生的苦难!"不错，在最危难的时刻，在自己的爱人最需要帮助的时刻，谁也没有离开谁。他得了绝症，连医生也无计可施的情况下，她却照顾着他，爱情的力量终于唤起了"奇迹"，她硬是"几天几夜坚持不懈的腹部按摩"，把他从死神的手中拉了回来。

苦难并没有就这样结束，爱恋还在继续。他不想她受苦，终于赶走了她。可是两个人的感情是如此之深，双方是如此需要对方。呵，分开的日子里两个人都度日如年，连儿子也作为他们爱恋的见证。幸好，让我觉得安慰的是，社会最终认可了他们这段浪漫的传奇，他们这段真情感动了大家，包括她的父亲。泪为情动，我愿意读到更多这样的故事。它为现代人提供了一个纯粹的精神世界，我们的情感可以在里面得到净化。

（欧积德）

在平常的生活中总有真情,那"抻出来的真情"仅仅只是人间真情的一个细微的表现。

抻 面 条

◆文/许 行

他特别喜欢吃面条,一天三顿也不厌,不过这可不是粮店里卖的那种面条……

小时在家里母亲给他擀面条,一碟鸡蛋酱,一盘芽葱,再加黄瓜、水萝卜丝等小菜,他吃得真香!以后结了婚成了家,妻子摸到了他的脾气,比母亲还下力给他做面条吃。她能擀、能抻。抻出来的面条要粗有粗,要细有细,比从模子里轧出来的挂面还匀溜,吃起来硬实、筋道、口感好,就是到了肚子里也觉得舒服。

不幸,妻子比他先走了。他也六十多了,身板硬实,牙口好,还是爱吃抻面条。现在续了个后伴儿,这个50岁刚过的小老太太,就只给他买挂面吃,吃起来真败口!

星期天女儿回来了,一看爸爸瞅着挂面条眼晕、不下筷……她把爸爸的饭碗端过去说:"你等一会儿吃。"便扎起围裙下了厨房。和面、揉面、饧面、抻面……大约半个多钟头后,一碗抻面条端到了爸爸的面前。他一惊,女儿什么时候也学了母亲的手艺?这回他吃着嘴里香,肚里苦,他想起前妻,眼泪含在眼眶里……

这一切后老伴都看在眼里,心中很不是滋味。第二天她吃罢早饭,便提了一盒点心,到饭馆去向抻面师傅学习。学和面,学揉面,学饧面,学抻面。抻面这道关最难过。她人老了,手脚笨了,力气也小了,怎么也弄不到抻面师傅那么灵巧,不是粘连,就是断条,二斤面未抻完便一身汗了。她不得不出个高价,买了一斤抻面条回去。

老头子离休后搞史志,天天到班上去。午间回来,一碗抻面摆在面前。

"啊,小凤(他女儿)来了?"

"没。我给你抻的。"

"你也会抻?……"

"你别隔着门缝看人。"

老头子吃得很香,这面条跟过去妻子抻得差不多。

63

"想不到你还有这两下子,这跟她过去抻得一样……"老头子一高兴,有点儿说走了嘴。

老太太听了当然有点儿不是味,这老家伙总想着他的前妻……不过,这毕竟是赞美她,把她说成跟他前妻一样,有啥不好?于是,也很高兴。

第二天老太太练抻面就更来劲了,她先到饭馆去学一通,又在家里自己和面苦练。可翻来覆去还是抻不好,这大概得费点儿工夫,不到十天半个月出不了徒……眼看就该做午饭了,没办法还得跑到饭馆去买人家抻好的面条。好话说了一筐,勉强按成碗的面条价格匀了一斤回来。啊?一上楼房门开着,老头子回来了。

这回露馅啦!

"唉,没想到吃一口饭,给你添了这么多麻烦……"老头子明白了后有些过意不去。

抻面条煮好后,老头子只吃了半碗。不知怎么的,他心里老觉得这抻面条味道有点儿不对了……他说:"以后咱们吃烙饼吧!"

这天夜里老太太偷偷抹了半宿眼泪。

又一个星期天,老头子女儿回来了。她又要动手给爸爸做抻面条,老太太一把揽过去说:

"我来!"

老头子和女儿都睁大了眼睛,惊讶地看着老太太熟练地表演抻面。

老头子这晚心情激动,喝了两盅酒,话也多起来。睡觉时,老太太脱衣服,他怔住了,天哪,老太太两条胳膊肿得像发面馒头了……他一切全明白了。心中震动非常,紧紧地搂着老太太,眼含热泪,不胜爱怜地抚摸着她的胳膊。

"唉,这该死的抻面条啊!……"

感恩提示
gan en ti shi

在我们日常的生活中,一个细微的细节往往就可以显露人间真情。真情的流露与表现并不需要在伟大的事件中。一些关于我们衣食住行的小事情也可以表现真情。《抻面条》这篇文章可以告诉我们这个道理。老头喜欢吃面条,而且喜欢自己亲人做的那种口感特别好的面条,他的母亲做给他吃,前老伴做给他吃,女儿也做给他吃。他大半辈子生活在幸福里。

可这真难为了他的后老伴,她年纪大了。可是为了让老头子吃上面条,她每天都跑去跟师傅学习抻面条。她仅仅是为了让老头子高兴。平平淡淡本是真,当你读

·感
·恩
·爱
·情

到"老太太两条胳膊肿得像发面馒头了"的时候,内心是一种什么样的滋味呢?在平常的生活中总有真情,那"抻出来的真情"仅仅只是人间真情的一个细微的表现。只要细心发现,我们的心能吃到更多这样令人流泪的"面条"。

(欧积德)

也许正因为我们共用一双眼睛、一双腿,所以我们生活的步履才格外协调、格外矫健。

我是你的拐杖,你是我的眼

◆口述/李 珍 整理/杨 绎

人们说生命到来后的第一声啼哭是因为看到了一个光明的世界,是因为抑制不住生命本能的感恩而发出的欢呼,是对灿烂的宇宙如歌般的吟唱。然而这些诱惑的色彩完全不属于我,我先天失明。

1984年,我从北京盲校毕业了。在这之前所经受的磨难已不必再提起,我最担心的是知识的欠缺无法自立于世,因为当时我们国家没有专门的盲人大专以上的学历教育。我希望继续坐在安静的教室里聆听世界的梦想破灭了。从盲校出来往家走的路上,我默默地跟在父亲的身后,一路无言。父亲也无法安慰我,他只能用一双布满老茧的手拍拍我的肩,他知道我喜欢读书,眷恋课堂,可他不知该把我这个盲女儿送到哪所学校。

当然我还是很幸运的。经过严格的考试,我成为中国盲文出版社的技术编辑。通过我的手,可以让更多像我一样的盲人阅读到精彩的文章,让他们了解色彩斑斓的世界是多么美好。

明眼人校对是用眼睛,而我校对是用手。明眼编辑坐在我的对面,给我念汉文原著,我双手捧着厚厚的盲文校稿,用手一字一行地摸那些盲文文稿是否正确。一年三百六十五天循环往复,需要内心平和,要有绝对的耐性。负责文稿的三校,每天至少要校对两万多字。一本90万字的《红楼梦》变成盲文则是厚厚的十七大本。我有个挺拧的毛病,就是不服输,不向命运低头,所以工作上的事情我从不落后。考高级职称需要英语过关,有同事说:"你这样差不多见好就收吧,考高级职称英语这关你就过不去。"我想人生没有什么过不去的关,除非你懦弱,偷懒。人往高处走肯定是费力气的。经过一番努力，我过了英语关。

我虽然很快乐地工作着，可内心深藏的对知识的渴望就像春天的小草一样拼了命往上拱。我报名参加了全国高等教育自学考试，也就是在那里，我认识了力群。二十多年前，从天而降的灾难使他失去了双腿，只能以椅代步。力群焕发了我内心全部的柔情。虽然我一辈子不可能看到力群的模样，可我用手仔细地摸了他的鼻子、眼睛、额头、头发，他的样子已被我刻在心灵深处，我情感的春天。

每天下班后，我们家是这样一副情景：厚厚的米色窗帘垂下来，一盏橘红色的台灯温柔地亮着。当然，我的眼睛看不见，这一切都是力群向我描绘的。力群说他喜欢看我在灯下的模样。他为我泡上一杯香浓的巧克力奶茶，然后静静走开，而我端坐在力群为我准备的课桌前开始了家庭"夜大"课程。教材都是他白天为我录好的，听着磁带里他那温和浑厚的声音，我的手行云流水一般用盲文记下学习的要点。夜深人静的时候，人们已经进入了梦乡，我依然不知疲倦，力群在另间屋里学着他自己的功课。偶尔，我感觉到他站在我的身后，我会回头冲他一笑，力群则会摸摸我的头，握握我的手心，为我沏上一杯热茶……我用盲文做的学习笔记摞起来有几米高，仅考试教材我就扎了300多万字。每天晚上要扎2万多字，几个小时下来，腰酸背痛，身体像散了架似的。

考试时我比正常考生要麻烦一些，别人只需写答案就行了，而我要经过听、记、答、读、录五个环节。监考老师首先把考题给我念一遍，我快速扎成盲文，考虑时间有限，所以我的动作很快，静悄悄的考场里听到我手中的纸嚓嚓响。

接下来是我用盲文答题，所有题答完后我得把答案口述一遍，监考老师用录音机录下来，因为判卷老师不懂盲文。即使这样，我在本科考试中有很多科成绩都在80分以上，这让正常考生们赞叹不已。

我们像正常人一样享受着生活的多姿多彩。天气好时，我和力群外出散步。他坐在轮椅上，他是我的眼睛，我在轮椅后推着他，我做他的腿。力群为我买了一副很洋气的太阳镜，每次外出我还会戴上力群为我挑选的宽边草帽，不认识的人根本不知道我是盲人。在茫茫人海中，我们的乐观和坦然成了一道风景，常常有人驻足回首。在路上，我时而听力群的口令改变着方向和行进的节奏，不停调整着偏差。力群则不停地描述着眼前所呈现的一切，我会不时俯下身在力群耳边低声笑语。也许正因为我们共用一双眼睛、一双腿，所以我们生活的步履才格外协调、格外矫健。我们以各自的优势互补、相互鼓励，彼此心存一片爱意，在爱的空间里生活，每一天都是新鲜灿烂的。

我最喜欢坐在他的残疾车后边跟他去兜风。有一次在家人的照看中，我竟大着胆子开他的残疾人专用车，虽然只开了几十米，我却觉得很过瘾，力群还偷偷给我拍了一张照片。

　　每天下班回来力群已经做好了饭菜在等我。每次吃鱼,力群总是吃鱼头和鱼尾,好的部位留给我。我劝他少买鱼,每次给我择刺太麻烦,他说我是脑力劳动者,多吃鱼聪明,补脑。吃螃蟹也是很麻烦的,可力群总是在谈笑风生中就给我择好了。每次他总要比我先吃完,随手拿起他白天已经准备好了的书刊,翻开选定的内容为我念上一段,我在朗朗的读书声中忘掉了一天的疲惫。洗碗的时间力群也不放过,我站在水池前洗碗,他就把轮椅摇到厨房门口,照样继续读书。

　　晚上睡觉前,我用在盲校学会的按摩医术给力群按摩,他躺在床上也不闲着,静静的小屋里又响起了他的读书声,有时候我看他口干舌燥的就劝他"歇工",可他不听,我知道他是抓紧分分秒秒的时间让我了解更多的事情。

　　有一次吃完饭后,力群给我读《廊桥遗梦》,读了两遍我还吵吵着不过瘾,他一拍脑袋说:"看电影去。"我们顶着料峭的夜风去了古城电影院,力群在我耳畔低语着影片中的人物形象,他是替我在看电影,我已经忘记了自己是盲人,仿佛看见了一些。随着影片音乐低回,眼泪叭叭往下掉。那一天,我们没带纸巾,力群用衣角不停地为我擦泪。回家的时候已是深夜,街道上空无一人,我推着力群慢慢地走,轻轻地聊,心动的感觉一点点弥漫开来……

　　1998年,我们分到一套新房子。力群说一定要让我有一个特别满意的家,那段时间我处于备考阶段,白天我上班,他跑建材市场,晚上他还要陪我复习。直到搬家那一天,力群都没让我请一天假。住进新家的第一天,力群拉着我的手把家的每一个细节摸了一遍,门锁、抽屉、窗帘,还有精致的梳妆台,力群还在卫生间、门厅、卧室都装上了很漂亮的镜子,他说他要让别人知道这个家里有一位很美丽的女主人。每个抽屉和衣柜里的东西都比普通人家更有条理,力群说是为了我找东西方便,他把房间收拾得一尘不染,他觉得我能看见。为了方便我接电话,他把家里的电话换成语音报号来电显示,还给我的手机设定了语音拨号,他总是把我当成小姑娘一样照看。

　　力群为了把我打扮得漂漂亮亮,特意把电视上《300秒教你学化妆》录下来,仔细揣摩,还为我买来各种化妆品。我知道他对这些东西根本不感兴趣,只是为了我像正常女人一样走出去漂漂亮亮。

　　力群的小说、散文多次在全国征文比赛中获奖。我也喜欢写点东西,我先写成盲文,然后读给力群听,他帮我写成汉文后再投到报纸杂志。我们合写的一篇文章还获得了一等奖。我们从来没为金钱和家庭琐事争吵过,经常争论不休的话题是学习上的疑义和各自文章的观点。

　　我36岁的生日那天,力群为我写了一首诗《致36岁的妻子》:"我没有见过玫瑰花的初绽／却有幸贪图你最美的瞬间／……／用你的丝丝柔情把我的心胸点燃／你就是我生命中的拐杖／我今生注定是你明亮的双眼／苍天赐给我们一条扯不断的红线／看我们携手并肩停泊在宁静的港湾。"

人生一世，时间匆匆。倘若你一出生就不幸，你又该如何度过你的一生呢？读着《我是你的拐杖，你是我的眼》，我的眼睛是湿漉漉的。我为两个主人公的坚强不屈，勇敢面对苦难，乐观开创美好生活的态度所感动。我为他们那纯真的情谊所感动。

"你就是我生命中的拐杖／我今生注定是你明亮的双眼／苍天赐给我们一条扯不断的红线／看我们携手并肩停泊在宁静的港湾。"其实这才是真正的爱情，我想，那些出生就幸运，可是遇上一点小事情就开始抱怨上天不公的人，是应该感到惭愧的。作品中的两个人从不因不幸而悲观，他们都有着自己的才华，都写得一手好文章，他们都积极向上。在夜里，我安静地体味着这个故事，我相信任何有感情的人读到这个故事，都可以从中获得很多，获得人生奋斗的力量。

人的一生其实是很短暂的，如何度过这短短的一生，成了生命的一个难题。文中的主人公的故事其实就是生命之花开放的最美丽瞬间。

(欧积德)

·感
·恩
·爱
·情

68

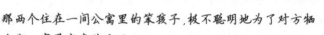

那两个住在一间公寓里的笨孩子，极不聪明地为了对方牺牲了他们一家最宝贵的东西。

麦琪的礼物

◆文／[美]欧·亨利

一块八毛七分钱。全在这儿了，其中六毛钱还是铜子儿凑起来的。这些铜子儿是每次一个、两个向杂货铺、菜贩和肉店老板那儿死乞白赖地硬扣下来的；人家虽然没有明说，自己总觉得这种掂斤播两的交易未免太吝啬，当时脸都臊红了。德拉数了三遍。数来数去还是一块八毛七分钱，而第二天就是圣诞节了。

除了倒在那张破旧的小榻上嚎哭之外,显然没有别的办法。德拉就那样做了。这使一种精神上的感慨油然而生,认为人生是由啜泣、抽噎和微笑组成的,而抽噎占了其中绝大部分。

这个家庭的主妇渐渐从第一阶段退到第二阶段,我们不妨抽空儿来看看这个家吧。一套带家具的公寓,房租每星期8块钱。虽不能说是绝对难以形容,其实跟贫民窟也相去不远。

下面门廊里有一个信箱,但是永远不会有信件投进去;还有一个电钮,除非神仙下凡才能把铃按响。那里还贴着一张名片,上面印有"詹姆斯·迪林汉·扬先生"几个字。

"迪林汉"这个名号是主人先前每星期挣30块钱的时候,一时高兴,加在姓名之间的。现在收入缩减到20块钱,"迪林汉"几个字看来就有些模糊,仿佛它们正在郑重考虑,是不是缩成一个质朴而谦逊的"迪"字为好。但是每逢詹姆斯·迪林汉·扬先生回家上楼,走进房间的时候,詹姆斯·迪林汉·扬太太——就是刚才已经介绍给各位的德拉——总是管他叫做"吉姆",总是热烈地拥抱他。那当然是很好的。

德拉哭了之后,在脸颊上扑了些粉。她站在窗子跟前,呆呆地瞅着外面灰蒙蒙的后院里,一只灰猫正在灰色的篱笆上行走。明天就是圣诞节了,她只有一块八毛七分钱来给吉姆买一件礼物。好几个月来,她省吃俭用,能攒起来的都攒了,可结果只有这一点儿。一星期20块钱的收入是不经用的。支出总比她预算的要多。总是这样的。只有一块八毛七分钱来给吉姆买礼物。她的吉姆。为了买一件好东西送给他,德拉自得其乐地筹划了好些日子。要买一件精致、珍奇而真有价值的东西——够得上为吉姆所有的东西固然很少,可总得有些相称才成呀。

房里两扇窗子中间有一面壁镜。诸位也许见过房租8块钱的公寓里的壁镜。一个非常瘦小灵活的人,从一连串纵的片断的映象里,也许可以对自己的容貌得到一个大致不差的概念。德拉全凭身材苗条,才精通了那种技艺。

她突然从窗口转过身,站到壁镜面前。她的眼睛晶莹明亮,可是她的脸在20秒钟之内却失色了。她迅速地把头发解开,让它披落下来。

且说,詹姆斯·迪林汉·扬夫妇有两样东西特别引为自豪,一样是吉姆三代祖传的金表,另一样是德拉的头发。如果示巴女王住在天井对面的公寓里,德拉总有一天会把她的头发悬在窗外去晾干,使那位女王的珠宝和礼物相形见绌。如果所罗门王当了看门人,把他所有的财富都堆在地下室里,吉姆每次经过那儿时准会掏出他的金表看看,好让所罗门妒忌得吹胡子瞪眼睛。

这当儿,德拉美丽的头发披散在身上,像一股褐色的小瀑布,奔泻闪亮。头发一直垂到膝盖底下,仿佛给她披上了一件衣裳。她又神经质地赶快把头发梳好。她踌躇了一会儿，静静地站着，有一两滴泪水溅落在破旧的红地毯上。

她穿上褐色的旧外套，戴上褐色的旧帽子。她眼睛里还留着晶莹的泪光，裙子一摆，就飘然走出房门，下楼跑到街上。

她走到一块招牌前停住了，招牌上面写着："莎弗朗妮夫人——经营各种头发用品。"德拉跑上一段楼梯，气喘吁吁地让自己定下神来。那位夫人身躯肥大，肤色白得过分，一副冷冰冰的模样，同"莎弗朗妮"这个名字不大相称。

"你要买我的头发吗?"德拉问道。

"我买头发，"夫人说，"脱掉帽子，让我看看头发的模样。"

那股褐色的小瀑布泻了下来。

"20块钱。"夫人用行家的手法抓起头发说。

"赶快把钱给我。"德拉说。

噢，此后的两个钟头仿佛长了玫瑰色翅膀似的飞掠过去。诸位不必理会这种杂凑的比喻。总之，德拉正为了送吉姆的礼物在店铺里搜索。

德拉终于把它找到了。它准是专为吉姆，而不是为别人制造的。她把所有店铺都兜底翻过，各家都没有像这样的东西。那是一条白金表链，式样简单朴素，只是以货色来显示它的价值，不凭什么装潢来炫耀——一切好东西都应该是这样的。它甚至配得上那只金表。她一看到就认为非给吉姆买下不可。它简直像他的为人。文静而有价值——这句话拿来形容表链和吉姆本人都恰到好处。店里以21块钱的价格卖给了她，她剩下八毛七分钱，匆匆赶回家去。吉姆有了那条链子，在任何场合都可以毫无顾虑地看看钟点了。那只表虽然华贵，可是因为只用一条旧皮带来代替表链，他有时候只是偷偷地瞥一眼。

德拉回家以后，她的陶醉有一小部分被审慎和理智所替代。她拿出卷发铁钳，点着煤气，着手补救由于爱情加上慷慨而造成的灾害。那始终是一件艰巨的工作，亲爱的朋友们——简直是了不起的工作。

不出40分钟，她头上布满了紧贴着的小发髻，变得活像一个逃课的小学生。她对着镜子小心而苛刻地照了又照。

"如果吉姆看了一眼不把我宰掉才怪呢，"她自言自语地说，"他会说我像是康奈岛游乐场里的卖唱姑娘。我有什么办法呢?——唉!只有一块八毛七分钱，叫我有什么办法呢?"

到了7点钟，咖啡已经煮好，煎锅也放在炉子上面热着，随时可以煎肉排。

吉姆从没有晚回来过。德拉把表链对折着握在手里，在他进来时必经的门口的桌子角上坐下米。接着，她听到楼下梯级上响起了他的脚步声。她脸色白了一忽儿。她有一个习惯，往往为了日常最简单的事情默祷几句，现在她悄声说:"求求上帝,让他认为我还是美丽的。"

门打开了,吉姆走进来,随手把门关上。他很瘦削,非常严肃。可怜的人儿,他只有 22 岁——就负起了家庭的担子!他需要一件新大衣,手套也没有。

吉姆在门内站住,像一条猎狗嗅到鹌鹑气味似的纹丝不动。他的眼睛盯着德拉,所含的神情是她所不能理解的,这使她大为惊慌。那既不是愤怒,也不是惊讶,又不是不满,更不是嫌恶,不是她所预料的任何一种神情。他只带着那种奇特的神情凝视着德拉。

德拉一扭腰,从桌上跳下来,走近他身边。

"吉姆,亲爱的,"她喊道,"别那样盯着我。我把头发剪掉卖了,因为不送你一件礼物,我过不了圣诞节。头发会再长出来的——你不会在意吧,是不是?我非这么做不可。我的头发长得快极啦。说句'恭贺圣诞'吧!吉姆,让我们快快乐乐的。我给你买了一件多么好——多么美丽的好东西,你怎么也猜不到的。"

"你把头发剪掉了吗?"吉姆吃力地问道,仿佛他绞尽脑汁之后,还没有把这个显而易见的事实弄明白似的。

"非但剪了,而且卖了。"德拉说,"不管怎样,你还是同样地喜欢我吗?虽然没有了头发,我还是我,可不是吗?"

吉姆好奇地向房里四下张望。

"你说你的头发没有了吗?"他带着近乎白痴般的神情问道。

"你不用找啦,"德拉说,"我告诉你,已经卖了——卖了,没有了。今天是圣诞前夜,亲爱的。好好地对待我,我剪掉头发为的是你呀。我的头发也许数得清,"她突然非常温柔地接下去说,"但我对你的感情谁也数不清。我把肉排煎上好吗,吉姆?"

吉姆好像从恍惚中突然醒过来。他把德拉搂在怀里。我们不要冒昧,先花十秒钟工夫瞧瞧另一方面无关紧要的东西吧。每星期八块钱的房租,或是每年一百万元房租——那有什么区别呢?一位数学家或是一位俏皮的人可能会给你不正确的答复。麦琪带来了宝贵的礼物,但其中没有那件东西。对这句晦涩的话,下文将有所说明。

吉姆从大衣口袋里掏出一包东西,把它扔在桌上。

"别对我有什么误会,德拉。"他说,"不管是剪发、修脸,还是洗头,我对我姑娘的爱情是绝不会减少的。但是只消打开那包东西,你就会明白,你刚才为什么使我愣住了。"

白皙的手指敏捷地撕开了绳索和包皮纸。接着是一声狂喜的呼喊;紧接着,哎呀!突然转变成女性神经质的眼泪和嚎哭,立刻需要公寓的主人用尽办法来安慰她。

因为摆在眼前的是那套插在头发上的梳子——全套的发梳,两鬓用的,后面用的,应有尽有;那原是在百老汇路上的一个橱窗里,让德拉渴望了好久的东西。

纯玳瑁做的,边上镶着珠宝的美丽的发梳——来配那已经失去的美发,颜色真是再合适也没有了。她知道这套发梳是很贵重的,心向往了好久,但从来没有存过占有它的愿望。现在这居然为她所有了,可是那佩戴这些渴望已久的装饰品的头发却没有了。

但她还是把这套发梳搂在怀里不放,过了好久,她才抬起迷离的泪眼,含笑对吉姆说:"我的头发长得很快,吉姆!"

接着,德拉像一只给火烫着的小猫似的跳了起来,叫道:"喔!喔!"

吉姆还没有见到他的美丽的礼物呢。她热切地伸出摊开的手掌递给他。那无知觉的贵金属仿佛闪闪反映着她那快活和热诚的心情。

"漂亮吗,吉姆?我走遍全市才找到的。现在你每天要把表看上百来遍了。把你的表给我,我要看看它配在表上的样子。"

吉姆并没有照着她的话去做,却倒在榻上,双手枕着头,笑了起来。

"德拉,"他说,"我们把圣诞节礼物搁在一边,暂且保存起来。它们实在太好啦,现在用了未免可惜。我是卖掉了金表,换了钱去买你的发梳的。现在请你煎肉排吧。"

那三位麦琪,诸位知道,全是有智慧的人——非常有智慧的人——他们带来礼物,送给生在马槽里的圣子耶稣。他们首创了圣诞节馈赠礼物的风俗。他们既然有智慧,他们的礼物无疑也是聪明的,可能还附带一种碰上收到同样的东西时可以交换的权利。我的拙笔在这里告诉了诸位一个没有曲折、不足为奇的故事;那两个住在一间公寓里的笨孩子,极不聪明地为了对方牺牲了他们一家最宝贵的东西。但是,让我们对目前一般聪明人说最后一句话,在所有馈赠礼物的人当中,那两个人是最聪明的。在一切授受衣物的人当中,像他们这样的人也是最聪明的。无论在什么地方,他们都是最聪明的。他们就是麦琪。

 **感恩提示**

gan en ti shi

麦琪的礼物,是最懂得爱的人相互馈赠的爱的礼物,德拉卖掉了自己最珍贵的头发,为买条最合适的链子来配吉姆最宝贵的金表;吉姆卖掉了三代祖传的金表,为买那套让德拉倾心的梳具来配德拉最珍贵的头发,金表和头发可以不再属于他们,但他们深挚的爱却不会因金表和头发而离去。

第九、十段,通过两个鲜明的假设,突出这两件东西是多么让他们引以为豪,烘托德拉要卖掉头发是在做一个多么艰难的抉择,最后一句"有两滴泪水溅落在破旧的红地毯上"与前面对那种骄傲的极力渲染形成了鲜明的对比,构成了强有力的落差,让人为她的牺牲惋惜的同时,更为之惊叹,被这种藏在不言中的爱深深感动。

"我的头发也许数得清,但我对你的感情谁也数不清",爱情在他们之间萌芽,却不知不觉地把爱的枝条伸进了每个读者的心里,不过,我想这句话从德拉口中说出来不如以评述者的角度讲出有意味。

麦琪互赠了本身已无价值的礼物,却让内在的浓浓的爱意升华,他们的爱情不是枯萎的枯梗,而是待放的花蕾……

(安 然)

据说,当他们相拥着再次走向民政局办理结婚证时,在场的所有人都痛哭流涕。再黑暗的秋天也不能让他们放弃对彼此的爱的信仰。

他和她的故事

◆文/潘 萌

他和她的故事,是我所遇见的最迷人最深刻最忧伤最宽广的爱情。

他说他的人生经历过两次黑色的秋天,一次是含冤被打为"右派",一次就是现在。

这是我有生以来第一次出席葬礼,第一次来到被叫做殡仪馆的地方。

早晨7点,我就乘车来到了这里,这儿看上去就像一个普通的小工厂,只是大门口一个阴森的"奠"字直慑人心,让我下意识地提一口气,抓紧了黑色连衣长裙的下摆。我一步步地朝那一堆有我认识的黑衣人走去。那一群黑色中有我熟悉的,也有完全没有见过的。我看到我熟悉的那些人全部穿着统一的黑色,有种古怪的感觉。

爸爸说:"我们去看一看卫生和化妆的工作做好了没有,你一个人就去陪陪他吧。"顺着他手指向的方向我看到了一个清瘦的老人失神地坐在台阶上。那是死者已经七十几岁的丈夫。我点了点头,安静地走过去,坐在他的旁边,轻轻地握住他的手。

那是一双冰冷的只有皮包裹着筋骨的满是皱纹和苦难的颤抖的苍老的手。

我要参加的这场葬礼是一个女人的葬礼，被安排在今天早上的第二场，在东南角的梦寝厅里举行。梦寝，原来火化厅也可以有如斯美丽的名字，但愿已故的她真如梦寝一般长长久久地睡下去，不知道是否梦见了第一次与他的相遇。

……

他是徽商丝绸大家的少主人。他，少年书生，最是斯文清秀。她是他家的下人，跟着父亲学戏，都是他家的下人。但她，也是远近闻名的水灵乖巧，一曲黄梅调唱得门前的小溪都打了几个转儿。

都是最鲜嫩的年纪。他们就遇见了。

或许，是他刚从私塾里放学回家，碰巧路过侧房，就看见院子里自顾自陶醉在戏文中，款款挪动莲步，和着唱腔舞动水袖的她，他不由得被那样清丽透明的声音牵绊住脚步，驻足侧耳。直到太阳落到山的那头去，直到树上的小鸟儿都飞回了窝里，直到，直到她蓦然回首发现了他。脸倏地就红得和天上的晚霞一般，低着头道声"少爷"，还未等他回答，就扭身羞涩地跑回屋里了。

或许，是她负责打扫他的书屋。她轻柔地擦拭着书桌、椅子、笔架、香炉，带着满心的喜悦忙碌着，一点一点地触碰这些他的东西，然后发现了书桌上那首临了一半的《虞美人》，不禁捧起来碎碎地念道："碧桃天上栽和露，不是凡花数……"纸上尚有浅浅的墨香，就和他舒朗的眉目一般。一念就是好久，连他进屋了都没有察觉。她凝望着纸上的诗句，倚在门框上的他凝望着她。

两情相悦，两心暗许。

一抬眉，一低眼，一辈子就拴在一起了，从此不离不弃。

……

粗鲁的哭喊声陡然响起，惊得我慌忙把思绪收了回来。原来第一场的告别仪式开始了。我惊讶地望着那一队真材实料的孝子贤孙们，由一个人领哭，众人合哭，捧着遗像，披着麻戴着孝一路往大厅挺进，一路鞭炮不停。他缓缓地对我摇了摇头说："她不喜欢这样，我们，不这样。"我宽慰老人道："对，我们不这样的。"

我知道他们的故事本来就是和世俗理念无关。

……

他的家庭怎么可能允许产业的继承人娶家里的丫环过门。

可是他们相爱。年轻的他们坚定地彼此誓约，如果这里让他们相爱当然最好，否则，就离开。

私奔。这个在我眼里仅是古老的传说中的美丽诱人的字眼，他们做到了。真的什么都不要了，只要他有她，那么即使海角天边，也去得了。繁华的家业和夺目的地位,通通不及她嘴角眉梢的一丝笑意。

远走高飞。

其实也不是很远,只是来到了一个相对安静悠远的小村庄,"绿树村边合,青山郭外斜",过起"你耕田来我织布,你挑水来我浇园"的农家生活。虽然艰苦,但是自在。他闲来无事就写写戏文,写一出出缠绵别致的有关爱情的戏文,由她来演绎,在丰收或者过节的聚会上唱给邻里村民们听。她实在是天生的好演员,即使再简陋的舞台上,一开腔,一亮相,便全身心地融进戏里,动作灵巧,唱腔清丽,况且又是心爱之人为自己写的唱词,更是默契万分,戏不迷人,人自迷。渐渐地名声传了出去,镇上的剧团如获至宝,把两人一同请到剧团工作,一个是戏文主编,一个是当家头牌,妇唱夫随,日子过得富裕了起来。而这个时候,她,也开始孕育着他们迷人爱情的果实。

孩子出生了。

他和她就不再仅仅是少年恩爱的夫妻,还努力地扮演好父亲和母亲的角色。他时常抱着孩子到戏园子里看她在台上演出,当观众鼓掌喝彩时,就微笑着告诉孩子,你看妈妈多棒啊。然后绕到后台等她卸了妆,便一家三口和和美美地把家还。真是神仙日子。

神仙般的日子一直持续到他们的孩子6岁左右。然后那场浩劫就陡然降临了。

……

时间差不多到了,我扶着他缓缓地往灵堂方向走去。天阴沉了下来。"这是第二次的黑色秋天。"他喃喃道。眼睛枯涸。

他将那一场浩劫称之为生命中无比黑暗萧瑟的秋天。

……

他大概怎么也不会想到早就被他抛弃的家业,哦,不对,也许应该说"成分",导致了他人生中第一场黑色秋天的降临。

莎士比亚说但凡悲剧就是把美好的事物撕碎在世人面前。其实不只是戏剧,生活有时比悲剧更甚。

十年劳改。沧海桑田。

我想我永远无法理解那是个怎样的年代,也无法想像他和她还有那个孩子是怎样度过那十年。十年,对于一个孩子,足以决定他今后一生的性格和气质;对于一个女人,足以耗尽她所有的青春和对生活的热情;对于一个男人,足以在他一辈子的道路上留下刻骨铭心的伤痕。

他劳改了十年,受尽了精神上和身体上的各种折磨,她被迫和他离了婚,独自带着孩子背负着屈辱和痛苦生活了十年。他们的忍耐到底有没有极限，或者是早就过了极限。

等平冤昭雪后，他疯狂地歇斯底里地到处寻找早已没了音信的妻子与儿子。终于，在那个他们开始生活的小村庄里，找到了几乎认不出的妻子，和那个已经长大成人的孩子。

相顾无言，唯有泪千行。

据说，当他们相拥着再次走向民政局办理结婚证时，在场的所有人都痛哭流涕。再黑暗的秋天也不能让他们放弃对彼此的爱的信仰。

秋冬过去，春天该要到来了吧？

经过那次炼狱的人们，个个仿佛转世投胎，和之前的自己完全不同。他们变得谨小而慎微，小心翼翼地生活着，生活平静却不见真实的欢乐。恢复元气是一个漫长的过程。

直到他们退休了，有了孙子辈，被儿子接到城市里颐养天年的时候，才渐渐有了从生活中感到的欣慰，生命中最重要的那一段时光所经受的苦难被孙儿粉嫩的小脸逐步取代。就如同所有的老两口一般，他们蹒跚着幸福着，在生命最后的那抹夕阳红里。

……

通过一小片树林，就看到了一栋白色的平房，门敞开着，聚集着一些穿黑色衣服的人。那里，就是她的最后一站，他要亲自送她。灵堂门口遇到了医院里的护士和医生，他们握着他的手，脸上有真实的悲痛感。毕竟，朝夕相处了三年有余。

戴眼镜的主治医生面对眼前形同枯骨的老人觉得万分歉疚："老人家，您节哀，我们尽力了，却……"

"不，不关你们的事，是我无能，没有保护好她。"他闭着眼睛摇了摇头。

……

突然某一天她就病了，急忙去医院一查就已经到了癌症的中期。情况一天天地差了下去，化疗，手术；再化疗，再手术。她的生命像一盏油快烧完的灯，慢慢地黯淡。

因为长期卧床，她需要随时被动地按摩和翻身，进食排泄洗澡都不能自理，化疗后的痛苦反应，都没有让他后退。三年来，这个已过古稀之年的老人细心周到地照料着他的老伴，像呵护娇嫩的花朵一般直到她生命终结前的最后一秒，没有片刻间断。

我也在病中探望过她。我总是不知道该做出如何的反应给病床上的她看，是宽慰、逗乐，还是别的什么，因为只一眼，我就忍不住掉下泪来。

她是怎样在舞台上风光鲜亮、在生活中充满情调的女子，却沦落到生活不能自理地缩在被子里，浑身插满了粗粗细细的管子，一头的青丝也因为化疗而掉光了，身上浮肿得厉害，到最后丧失了语言的功能，那优雅的嗓音只能呜咽着。

有的时候觉得她好小好小，身形像个婴孩，眼神透彻直达人心，不言不语。生命就这样无端地给了她一重又一重的苦难。

好在他总是在她身旁，握着她的手。有时她稍微好转的时候可以开口，就对他说，如果下辈子，你家里还有一个小丫环的话，那一定就是我。他就会微笑着抚摩着她的胳膊，告诉她那么我下辈子还要和丫环私奔。

生死契约。

……

父亲走到我和他面前，低声说是时候了，可以排队进去了。于是我扶着颤抖的他进入了那扇最后的门。中间是巨幅的黑白照片，上面的她端庄安静。整个灵堂里没有花圈，而是铺满了鲜花，那种产自他们那个小村庄的不知名的小白花。花海的中间是水晶棺木，里面，是他一生一世的妻。他看到后猛地挣脱开我，跌跌撞撞地扑了过去，颤巍巍地把自己贴身的一件背心轻轻放在了她的怀里，又最后摸了摸她的面颊，轻轻地唤她的小名："小妹，小妹……"

我咬住嘴唇一面落泪，一面想着要为她做的最后一件事。转身来到了音乐室，跟工作人员说明这场告别仪式的音乐我们自己准备。掏出事先录制好的磁带放进去，轻轻按下开始。

是她最得意的一段唱腔——《梁祝》。

哀怨的小提琴声中，人们开始绕着场行礼。因为要控制音乐，我只能站在音乐室里往外看。我看到他走上前喊道："小妹，你等着我，你等着我……"

看到父亲走上前去哭泣："妈，您安心走吧，这辈子您太苦了，现在好好休息吧……"

然后我跪了下来，轻轻地问：

"奶奶，这是我最后能帮您做的事情，您喜欢这个告别仪式吗？"

"奶奶，请您放心，我会代替您继续爱爷爷。"

……

我在每一个失眠的夜晚总是会怀念爷爷把我抱在膝上教我念着才子佳人的戏文，看奶奶托着水袖在院子里缓缓舞动时的暖暖温情。

在他和她的故事中，幸福曾经是如此简单的事情。

幸福是轻声互道早安的一个早晨;幸福是抱怨汤不够味菜有点儿咸的一顿午饭;幸福是牵着手一起走在那条熟悉的小道上的一个黄昏。

幸福,可能真的简单到出乎你想像。

记得有一次看鲁豫有约,那期节目名称是"似水流年",嘉宾是中国影坛上著名的模范夫妇,于洋和杨静两位老人。

鲁豫问杨老师您对于老师的第一印象是什么。

"就是一个很机灵,很漂亮,很能干的小伙子啊!"

"我很漂亮啊!"于洋老师像得到了千金般的赞美,竟像个小孩子般洋洋得意起来。那神情难以忘记。

也许这就是爱情。爱情是个圆,在经历了太多之后,像走到了尽头却又如同回到了起点。

也许这就是幸福。幸福是一条线,牵引着灵犀的两端,交织着豆浆油条的缠绵。

(梁 妍)

他忽然发现,地图上的一些地方全用红铅笔勾过;再仔细看,凡是红铅笔勾过的地方竟然都是他出差走过的地方!

万先生与方女士

◆文/戴 涛

不知道哪位名人说过,人与人的关系,距离远了太冷,靠得太近又有刺。夫妻之间,可谓是最接近的,自然就容易生出些"刺"来。

比如这一对,女的姓方,当然是方女士;男的姓万,该称万先生。方女士是某医院的麻醉师,因为她聪明好学,年轻轻的就在医院里有了名气。于是,她就有种青年得志的感觉,手术后回到家里总喜欢在万先生面前畅谈今天又采用了什么什么麻醉新方法,效果又是如何如何的好。完了,往往用遗憾的语气补充一句:"唉,你又不懂这些,说了也是白说。"可她下次还是照样大谈一通。

这种反复的刺激终于使得万先生有些沉不住气了,便反唇相讥道:"那么我搞的法律工作你懂吗?"方女士马上回敬:"我懂医学你懂法律至多是一比一打个平手,你这个大丈夫并不比我高明呀。"

听了方女士的这句话,万先生岂肯罢休:"那你历史地理知道多少?丝绸之路从哪到哪?马可·波罗什么时候到中国的?鉴真和尚又在哪儿下船去日本的?""哼,这种东西,懂了又有什么用?本人不屑回答。"方女士的这种战略,使得万先生的进攻再也无法向纵深发展。

后来,因工作需要万先生经常出差,两个人在一起的日子少得可怜,于是这种磕碰也就几乎绝迹了。一次万先生在外奔波了一年后,俩人又重新厮守在一起,日子一久,难免"刺"又萌生。

这天,方女士回来得很晚,一到家,她就抑制不住兴奋地对万先生说:"今天开胆,照规矩麻醉进针应在第八胸椎,我来个第十胸椎,不料效果特好。"说到这里,她冷不防又冲出一句,"喂,你知道第十胸椎在哪里吗?"这无疑是战斗的信号,万先生只得慌忙应战,武器嘛,倒是现成的。

"你知道上海到成都坐几次列车?"

"182次、190次直快。"

居然给她答出来了,万先生感到有些意外:"请问,两趟车走的是同一条线吗?"

"不是,182次走陇海线、襄渝线、洛安线;190次走陇海线、宝成线。"

又给她答上了,万先生有些发急了:"你说,两趟车都经过哪些省份哪些城市?"

"它们都先经过江苏的苏州、无锡、南京,安徽的蚌埠,河南的郑州,然后在洛阳分手。182次再经湖北襄樊,陕西安康,到四川成都;190次再经陕西西安、宝鸡到四川成都。"

方女士的回答如行云流水,万先生好一阵发愣,似乎坐过这两次火车的不是他自己,而是方女士了。不过,他岂肯轻易败下阵来,他还要作最后挣扎:"你知道两次列车的运行路线全长多少公里?"

"182次全长2620公里,190次全长2351公里。"

"哼,笑话,连我都不知道,你会说得清楚?还不是胡编乱造!"万先生冷笑道。

可方女士仍不动声色:"不信你自己翻火车时刻表。"

当万先生一翻开火车时刻表,顿时目瞪口呆,竟然一公里不差!这下他终于全线崩溃,半晌才缓过劲来:"你,你怎么如此精通?"

方女士从床底下拿出一卷纸和一本小册子,万先生急忙接过一看,一张中国地图和一本火车、轮船、飞机的时刻表。"你怎么突然研究起这些玩意来了?"万先生问。

"这叫急用先学嘛。"

"难道你能猜到我会考你这些东西?"

方女士不语,用幽怨的目光看着万先生,看得万先生又低下头去看地图。他忽然发现,地图上的一些地方全用红铅笔勾过;再仔细看,凡是红铅笔勾过的地方竟然都是他出差走过的地方!

顷刻,万先生明白了一切,于是情不自禁地冲上去,对准方女士的秀脸狠狠地一连"啄"了几下。

 ## 感恩提示
gan en ti shi

"人与人的关系,距离远了太冷了,靠得太近了又有刺。"想想我们人还真是奇怪的动物,一个人过日子嫌太孤单,两个人过日子却又时不时地吵吵闹闹,最好是有这么一个人:一个在需要的时候就出现,不需要的时候可以消失的人!可惜这是太过完美的愿望,于是便有了《万先生和方女士》,便有了我们,便有了你们!

每个人生活在这个世界都很寂寞,于是便要求有一个相知的伴侣,但是单有伴侣还不行,最好是还有一个对手,这样的人生才不会清冷。

其实人与人的相处就像夹竹桃和天气的关系,天气冷的时候夹竹桃开得越欢,可是太冷了它就会被冻死!

(陈翠花)

对你爸爸来说,晶美是完美无瑕的女性偶像。如果告诉他真实情况,你想会发生什么事儿?

妈妈的秘密

◆文/[日本]赤川次郎

千万不能让丈夫知道。

绫子拿着那个小包,站在桥上。夜深人静,河水在黑暗中悄无声息地流淌着。

它能带走这秘密吧。

钱包飞快落入河中。回家吧,明天丈夫住院,得起个大早呢。

绫子疾步往回走。轻轻打开后门,穿过厨房,溜进卧室——丈夫站在那里!丈夫愤怒。

"上哪儿去了?"

"这……"

"哼,是把见不得人的东西扔到河里了吧!"丈夫真的很愤怒。

绫子的脸也变白了。

"扔了什么。说!"绫子忍不住反问一句,"你怀疑我什么?"

"我替你说吧——你的信!"绫子睁大了眼睛。接着,慢慢将视线移至脚下。

"跟那家伙勾搭上啦!""啪",一记沉重的耳光。绫子头晕目眩,一头栽倒在床上。

好不容易抬起头时,女儿有纪子正怯生生地站在床边,黑黑的瞳仁里充满了疑惑。

"我到底是谁的孩子?"有纪子问,"是爸爸的,还是叫北山的那个人的?"

"你为什么问这个?"

"我想知道。"

很久,绫子没有作声。微风吹拂着她那业已大部分变白的头发。

"好。"绫子终于开口了,"那就告诉你吧。"

"和我结婚前,你爸爸爱着一个人,她叫……"晶美,并不出众。在中学,比他低。当时很迷恋他的绫子,偏偏和晶美又是最好的同性朋友。不过。这两个女人当时都还不到敢向异性吐露爱心的年龄。因此,也就没有发生什么争"郎"大战。论家

81

庭背景，绫子占上风。晶美死了父亲，与母亲二人相依为命，度日维艰。她自然穿不起绫子身上的漂亮衣裤，也不善于玩耍。不过，绫子知道，晶美特有的那种清纯、温柔和娴静是谁也学不到手的。

那件事发生在一个炎热的暑假。

晶美突然跑到了绫子家。他正巧也在。紧追而至的是一群恶煞似的男仆，他们的主人是当地首富，晶美的母亲在那家干活。

"让那个女孩儿滚出来！"男仆们叫嚣说，他们小姐放在梳妆台上的宝石不见了，晶美当时正进府找她母亲，偷宝石者必是晶美无疑……他，发怒了，让晶美躲进里屋，他转身直奔门口，跟那帮男仆大吵起来。

大概是被他那不要命的样子吓住了，男仆们嘟嘟哝哝着回去了。本来他们也没有充分的证据。

他走向面色惨白、颤抖不已的晶美，温柔地拉起她的手……然而，那件事并未结束。暑假期间，晶美偷盗宝石的传言飞遍整个镇子。新学期开始后，没一个人愿跟她说话。她母亲也失去了工作，娘儿俩的日子更难过了。他则明明确确地爱起了晶美。那不是出于怜悯或同情，而是纯粹发自内心深处的诚挚之情。绫子一如既往关心着晶美，同时暗暗在心里发誓：委屈自己，成全他们。

然而，单靠一个学生的爱情，是无法支撑母女俩的生计的。这个事终于画上了一个句号——晚秋的一个黄昏，晶美和她母亲一同投河自尽了。

"后来，你爸爸倒插门到了咱们家，再后来，就有了你。"绫子停顿了一下，"不过，你爸爸在心里一直思念着晶美。我只是他的妻子，晶美才是他的恋人，而且只有她一个……"有纪子长长地叹了口气。

"可这与你扔到河里的东西有什么关系呢？"

"我打扫里屋的时候，发现了塞在天棚上的宝石，就把它偷偷地扔进了河里。"

"是，是这样……"有纪子几乎喘不过气来。

"晶美被人追到咱们家，趁你爸爸跟人吵架的当儿，踩着板凳，把宝石塞到了天棚里。"

"那你为什么不告诉爸爸呢？"

绫子莞尔一笑："我那时已经得知，晶美的不幸使你爸爸在身心方面所受的沉重打击和极度悲痛该有多大。对你爸爸来说，晶美是完美无瑕的女性偶像。如果告诉他真实情况，你想会发生什么事儿？"

"妈妈！"有纪子紧紧地抱住了母亲。

"您才是最爱爸爸的人啊。"

绫子的脸微微发红。

感恩提示
gan en ti shi

　　她如此平静地说出了一个如此震撼人心的故事,让人不得不为她扼腕:她是如此的傻。她把所有事情一个人承担,默默地,把自己放在一个卑微的角落,把最光明的舞台让给丈夫与她过去最好的朋友,也是她一生的情敌:晶美。

　　她把那包装有不愉快的回忆的钱包扔入了河中,那萦绕着的不光彩的往事也随着湍湍的河水的流向远方……

　　绫子只是一个平凡的女性。她没什么丰功伟绩,也没有什么大慈大悲。她只是默默地,谦逊地爱着她身边的人。绫子时刻宁愿自己受委屈,也要保护好她爱着的人。在丈夫冷酷粗暴的诘问下,她完全可以道出真相,一来可以保护自己清白,二来可以打击情敌——可是,以她的性格,是不可能这样做的——不为什么,只是因为她自己丈夫和她朋友的那份深沉的爱。即使她知道丈夫的心,是一直向着晶美,她也不愿意看到丈夫伤心和晶美的形象遭抹黑……

　　是爱的力量,才能让一个平凡的人能承受一切,默默奉献自己的全部,散发出伟岸理性的光芒。

(陈恩汇)

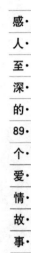

既然——

不能化做清风

轻拂你受伤的心灵

那就　挥洒成雨

冲刷掉你心中的阴影

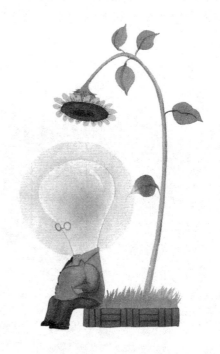

第三辑

听到幸福在歌唱

思念缠绵在眼里
怎么也挥之不去
情节揪心扯肺
以为该已忘记
却还是那么清晰

情只留给了记忆
依旧纠缠在无眠的夜里
远去的背景已模糊在风里
可哀怨的眼神已刻入了骨髓

后来,许许多多的人知道了史密斯太太的爱情故事,他们联名向政府打报告,要求留住那片爱的树林。政府终于同意了人们的请求,公路从小树林旁边绕过去。

刻在树上的爱情

◆文/[美]托尼·加塞科尔 译/青 云

一位老妇人给地方乃至国家的报纸写信,抗议修建那条贯穿她所居住的小村庄的公路。其实从地图上看,那条路离她的房子还有一段距离,而且那里的环境也不像想象中那么有魅力。我很困惑,为什么这位老妇人会为这些毫无用途的老灌木丛发出如此的呼吁?于是我敲响了这个叫玛丽·史密斯的老人的家门。我受到了她的热情招待,然后与她一同踏上了前往树林的小路。

"我是多么爱这个地方。"她说,"这片树林给我留下了多少难忘的回忆。它通向哪里并不重要,重要的是它使我们有了来这里的理由。它远离喧嚣的人群,使人们忘却了烦恼。"

在这片林子里,能听到很多鸟儿歌唱,松鼠们十分大胆地从这个枝头跳向那个枝头,显然这里很少有人走过。我可以想象当那条路建成之后,汽车发出的噪音将给这片祥和宁静的树林造成怎样的破坏,现在我能够理解她抗议的原因了。但是,当我想到那些权威人士的建议时,我又沉默了。

"看看这棵树。"在短暂的沉默之后,她说道,"对,就是这棵树。"她温柔地抚摸着树干。"看这儿,你能看到什么?"

"好像有人用刀在上面刻了些什么。"我仔细地看了看。

她充满柔情地说:"这里刻下的是爱的誓言和一对情侣的心。"

我更加仔细地看了一遍,上面刻着一颗被箭射穿的心,旁边的字母不太清晰。"这代表一个爱情故事?"我问道,"你知道他们是谁吗?"

"啊,当然,我知道他们!"史密斯太太说,"RH 爱 MS(玛丽和史密斯的缩写)。"我明白了!

她继续说道:"这是我和他一起刻下的。我们很相爱,但是他很快就走了。那是我们一起度过的最后一个黄昏,在刻完那些字之后,他收起刀,转过身来,紧紧地拥抱着我。我能察觉到他的绝望、紧张和渴求。

"他的拥抱弄疼了我,但是,我没退缩。其实他没有必要那样紧紧地抱着我,我已经不再想逃跑了!然后他吻了我。那吻像蜂蜜一样甜美,那一刻好像成了永恒。他没有再做其他的,虽然他很想做点儿什么。其实在那个晚上,我是不会拒绝的,因为第二天他就要走了……"

史密斯太太呆呆地沉静了一会儿,接着,她啜泣了起来:"他的母亲让我看了电报,我的罗宾在战争中牺牲了。我很后悔没有能拥有一个我和他的孩子。"

在一段长时间的停顿之后,史密斯太太温和地抚摸着那棵刻着爱情的树,好像她正在抚摩她的爱人一般。"但是,现在他们想从这儿拿走我们的树。"她默默地抽泣了一会儿,接着她转过身看着我,"我也曾经年轻美丽过,那时我拥有一切,我拥有生命中想要的一切,爱人、健康和梦想。"史密斯太太再一次沉默了,微风通过叶子将叹息的声音轻轻地传过来。她突然很坚决地说道:"现在除了这片树林所保存下来的记忆,我一无所有。如果那个可怕的计划通过了,我会毫不客气地质问那些同意修路的人,难道你从来没有爱过?"

后来,许许多多的人知道了史密斯太太的爱情故事,他们联名向政府打报告,要求留住那片爱的树林。政府终于同意了人们的请求,公路从小树林旁边绕过去。人们把这片树林叫做"爱的树林",许多恋爱中的男女青年都到这片树林里来感受爱的圣洁,有时他们能看到白发苍苍的史密斯太太。

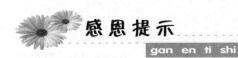

感恩提示
gan en ti shi

为一棵爱的树坚守一生的忠诚,她懂得爱,即使她的爱短暂,但美好,足以让她珍藏一生。

也许史密斯太太在树下也曾经怀念过,流泪过;她远方的人已经在世界的另一端,从此生死相隔,但生死相隔,情又怎能被阻隔?

战争给人带来了太大的苦难,生灵涂炭,多少幸福的人们被迫生死相别。战争是一场恶魔编导的戏剧,摧残着人们的梦。因为发动战争的人不懂爱为何物,所以他们才会挑起罪恶的血红的争端;因为史密斯太太和那棵树,再硬的石头,再深的仇恨,或许在一瞬间会因为人世间最真挚的东西而软化、消失!这许是他们人生中最宝贵的一课:爱。

不必海誓山盟,无须赴汤蹈火,在树下紧紧的拥抱可以说明一切,可以胜过任何的语言;文字在此变得没有意义,世界早已被穿越!

(王思扬)

丈夫不仅以一个极其睿智和美丽的谎言拯救了她和她腹中孩子的生命, 也谱写了人间一段最真挚感人的爱情乐章!

地震废墟下的深情绝唱

◆文 / 唐黎标

2003 年 5 月 1 日, 土耳其东南部宾格尔省迪亚巴克尔地区发生里氏 6.4 级地震。5 月 2 日清晨, 当救援人员将一位身受重伤的孕妇从废墟中抢救出来时, 这位名叫珊德拉的女教师忍着伤痛指着废墟说, 她的丈夫还埋在下面, 而且仍然活着。然而, 当救援人员费尽周折将她的丈夫从废墟中挖掘出来时, 发现他已经死亡, 他身旁放置的一部电池能量即将耗尽的录音笔却仍在转动, 里面不时传来他的声音, 言语中充满了对妻子的鼓励和深情厚谊。虽然事情已经过去一年, 但这段绝美如诗的爱情留言故事仍在土耳其流传……

陷入可怕的人间"地狱"

雷米和珊德拉结婚已经两年了, 雷米是土耳其宾格尔省迪亚巴克尔地区的一家小报记者, 珊德拉是一名中学教师。2003 年 4 月 30 日, 这天是他们的结婚纪念日。下午, 珊德拉很早就买好了晚餐需要的食物, 她要为雷米准备一顿丰盛的晚餐。可当珊德拉回家准备好饭菜后, 却迟迟等不到雷米回家的脚步声。她从 7 点一直等到 11 点, 看着桌上的菜一点一点地凉了, 她觉得自己再也无法忍受了, 她想, 雷米竟然毫不在意这个特殊的日子, 他太自私了, 只知道工作, 完全忽略了她的存在, 忽略了她的情感需求。她独自上了床, 泪水在脸上肆意地流淌着。就在这时, 她听到了门锁打开的声音, 还有雷米因为疲惫而沉重的脚步声。

雷米轻敲着卧室的门, 进来后抱歉地对珊德拉说, 今天有一个突发采访任务, 一时情急, 他忘记今天的约会了。珊德拉流着泪, 连看也没有看雷米, 低着头对他说: "如果你连我们的结婚纪念日都可以忘记的话, 那么, 我们得重新考虑一下是否还应该生活在一起。今晚, 你就睡书房吧, 我们彼此冷静地思考一段时间。"雷米看着珊德拉毫无商量余地的眼神, 叹息着关了门出去了。

半夜时分,珊德拉被一阵巨大的响动惊醒了,睁开眼,好像整个房子都在颤抖,她意识到可能是地震了,她非常害怕。这时她听见隔壁的雷米在拼命地敲着房门,并叫她赶紧钻到床底下去,她刚刚将身子藏到床下,只听"哗啦"一声巨响,她觉得眼前一黑,就什么都不知道了。

也不知过了多久,珊德拉才有了一点儿知觉,她睁开眼,发现四周一片黑暗,同时感觉浑身疼痛。珊德拉意识到自己被埋在了房屋的废墟中,到处都是钢筋、木梁、泥土和石块。她很害怕,大声地叫着雷米的名字,但很久都没有听到他的回应。珊德拉绝望地想,丈夫是不是已经死了,泪水悄悄地布满了她的脸庞。因为极度伤心再加上伤痛,她又昏死了过去。恍恍惚惚中,她听到有人在大声地叫着自己的名字:"珊德拉!珊德拉!"她幽幽地醒转过来,又仔细地听了听,是的,是雷米在叫她的名字!他没有死!她努力张开干裂的嘴唇,大声地答应着雷米:"我在这儿,快救我!"

珊德拉边说边试图移动一下身体,不料腰部一阵剧痛,手也好像断了,根本抬不起来。死亡的恐惧使她大哭起来。这时,从附近传来了雷米的声音:"亲爱的,别害怕,我在这儿呢!"因为书房和卧室之间的墙壁已经倒塌,雷米离妻子非常近,如果两个人都不说话,他们甚至能听见彼此的呼吸声。雷米的声音像一针镇静剂,让珊德拉感觉到了生存的希望,她惶恐的心渐渐安定下来。

绝境中爱的对话

腰部的剧烈疼痛让珊德拉忍不住呻吟起来,她对雷米说自己非常害怕,而且腰部受了伤,根本动不了。雷米赶紧安慰她说:"别害怕,亲爱的,不是还有我在你身边吗?"

"嗨,亲爱的,你记得吗,你说有份神秘礼物要送给我的,现在收不到,等我们出去后你可还是要给我的呀!"雷米继续和珊德拉说着话。

珊德拉这时才记起,自己还有一件很重要的事情没有告诉雷米,她本想在纪念日的烛光晚餐上对他说的。珊德拉的心里不禁一阵痛楚,因为她想,这件礼物也许再也没有机会送给丈夫了,她对自己能否活着从废墟里爬出去不抱任何希望。但她沉默了一会儿,还是低声告诉了雷米,她怀孕了!

雷米也沉默了,他似乎没想到,他们会在这样的绝境中分享这个喜讯。怀孕的事情让珊德拉心里一阵黯然,她想孩子也许等不及出世,就将随着自己一起葬身在这茫茫的黑暗和可怕的废墟中,她非常后悔自己为什么没有早点儿怀孕,也有些怨恨雷米。如果他不是以工作太忙为借口,一直推托着晚点儿要孩子,也许他们早就有了一个活泼可爱的儿子或女儿了。想到孩子，珊德拉的心再一次沉到了谷底，她觉得自己的眼皮也开始沉沉的了。珊德拉告诉雷米，自己很困，想睡觉。雷米马上扯着嗓子大声地叫着："珊德拉，现在不能睡，这一睡也许就永远醒不过来了！你千万不要放弃希望，还有我们的孩子在你肚子里呢，他会没事的，生命有时不是我们想象的那么脆弱！你听到了吗？他也许正在肚子里叫妈妈呢！"

"雷米！"珊德拉艰难地叫着丈夫的名字，"我的伤可能很严重，救援的队伍不知什么时候来，我想我是活不了了，我真希望你能抱抱我呀！"珊德拉的声音里透着绝望。

"不，亲爱的，你会平安无事的！我也没事，房屋塌下来的时候，一条横梁正好卡在沙发上，挡住了石块。我还能动，我可以把塌下来的石块一点一点地掏开，然后我就能见到你了。书柜的抽屉里正好放着一些急救药，我就躺在旁边，可以毫不费力地取到，所以你不用太担心，我会来救你的！现在最关键的是你不能睡去，保持清醒的意识。"雷米急切地对珊德拉说。

听到雷米安然无恙，还能挖开石块过来救自己，珊德拉的眼前好像一亮。这时，她耳边果然传来了石块和瓦砾被搬动的声音，她仿佛听到了充满希望的乐章。

最美最痛的谎言

也许是失血过多的缘故，珊德拉已经开始有些神志不清了，她的眼皮也已经越来越沉。她悲伤地告诉雷米，自己实在是坚持不住了，想睡一会儿。雷米叹了一口气，只得说，你千万不要睡得太沉了，我马上就会过来帮助你！接着，他又说，自己的耳膜好像被裸露的钢筋刺穿，听力正在逐步丧失，如果她醒来后跟他说话，他或许听不到了，但他会一直在她旁边说话，并且努力地从废墟中爬到她的身边。

又是几个小时过去了，在这段时间里，珊德拉好几次都忍不住想彻底摆脱这种痛苦的折磨，昏睡过去一了百了，但雷米不时讲述的一些幽默故事、深情唱起的一些情歌以及对他未来幸福生活充满诗意的描述，使她最终坚持下来了，她一边听着他的声音，一边紧紧地咬着自己的嘴唇以保持意识清醒。

当一线亮光从头顶照射下来时，她几乎兴奋得大喊起来，她想，雷米终于扒开了废墟，来到了她的身旁。她却不知道，来的不是她的丈夫，而是救援人员。为了不让突如其来的亮光伤害到她的视力，她的眼睛很快被他们用黑布条蒙住。当珊德拉发现抱住她的并不是雷米，而是救援人员时，她赶紧提醒他们废墟下还躺着她丈夫，并坚定地说他还活着，因为她一直听见他在说话。救援人员于是迅速进行挖掘，但让所有人都大吃一惊的是，他们发现的只是雷米已经僵硬的尸体，以及一部电池能量即将耗尽、声音十分微弱的录音笔！

当救援人员把这一不幸的消息告诉珊德拉时，她根本无法相信，她大声叫起来："你们一定搞错了，雷米怎么可能死呢？他只是耳朵受伤而已，他一直在旁边说话，还不停地挖着石块想要过来救我呢！"

这时，一个救援人员从废墟中找到了雷米写下的几页日记，尽管日记是在黑暗中写的，字迹歪歪扭扭，但还是能够辨认清楚，大家看了雷米的遗言，这才了解珊德拉怀疑的理由和整个事情的真相。

原来，那夜被珊德拉拒之门外，雷米就在书房的沙发上睡觉，所以他根本就没有察觉到地震前的异常响动。地震时，屋顶掉下一块巨石，正好砸到他的身上，他的下半身被砸成了肉泥，血肉模糊，四肢也多处骨折。如此严重的伤势，雷米知道自己活下去的希望不大了。就在他难过的时候，他知道，珊德拉感情十分脆弱，如果这个时候不帮她的话，她可能会放弃生存的希望。在绝境中，一个人求生的意志是非常重要的，它常常会创造出生命奇迹。为了让珊德拉充满信心，他一个劲儿地说着话鼓励她坚持下去。当雷米听到珊德拉怀孕的事情时，他的心里更加难过。他下决心让母子平安地活着出去，以弥补他以前对妻子的亏欠。于是他不停地说话，设计着他们一家三口美好的人生，使珊德拉对活下去充满了动力。

雷米说着这些谎言的时候，他的身体已经非常虚弱。他意识到自己恐怕坚持不了多久。正好这个时候珊德拉昏昏欲睡，于是他灵机一动，决定把自己的话用恰巧掉在旁边的公文包里的录音笔录下来。他想到珊德拉听见这段录音时，他可能已经不在人世了，于是趁她意识尚清醒时告诉她，他的听力正在丧失，有可能听不到她的话了，这样他在放录音的时候就可以不引起珊德拉的怀疑。

雷米的录音笔可以连续录四个小时，这几个小时里他强忍着巨大的伤痛说话、唱歌，并且假装搬动石块和瓦砾。当电池耗尽后，他又马上从公文包里拿出备用电池换上。接着，他又从公文包里找出笔和纸张，摸索着写了几页遗言，然后在生命的最后关头按下了放音键……

所有看见雷米的遗书和听见那段生命的留言的人，都被感动得热泪涟涟。珊德拉更是忍不住痛哭失声，她一直以为丈夫忽略了对她的爱，而在这次突如其来的横祸中，丈夫不仅以一个极其睿智和美丽的谎言拯救了她和她腹中孩子的生命，也谱写了人间一段最真挚感人的爱情乐章！

世间有一种谎言是最美丽的，因为那谎言是建立在深情的基础上的，是建立对撒谎对象无限的爱的基础上的。读完这个故事，回味那绝境的谎言，我除了流下自己的泪水，还能够做什么呢？我知道，所有看见雷米的遗书和听见那段生命的留言的人，都被感动得热泪涟涟。

本来，陷入绝境的丈夫，毫无生还的希望，可是妻子还有。在绝境中，一个人求生的意志是非常重要的，它常常会创造出生命奇迹。为了让珊德拉充满信心，他一个劲儿地说着话鼓励她坚持下去。他讲述的幽默故事、深情唱起的情歌以及他对未来幸福生活充满诗意的描述，使珊德拉最终坚持下来了。

于绝境之中求生存是人的意志最坚强的表现，可是于绝境之中为了自己的妻子求生存，却又是何种情况呢？我除了感动于这个故事，除了在以后的日子坚持真情，还能够做什么呢？于我而言，能够听到这一种美丽的谎言其实就是一件最幸福的事情。

（欧积德）

·感
·恩
·爱
·情

现在城里人时兴种什么夫妻树同心树爱情树，她的男人给她种的树要比那些树珍贵一万倍！

爱情等于五百棵树

◆文/虹 莲

她嫁给他的时候他已经 50 岁了，一个 50 岁的男人还不结婚是不正常的。她比他小 20 岁，30 岁的她花一样，虽说要开败了，可还是美丽着。家乡的人都以为她傍上了大款，只有她知道他到底是个怎样的男人。

他只是个普通的男人，黑，丑，一口的黄牙，媒人当初说的时候可没这么说，只说是个过日子的男人，就因为当年成分高耽搁了，一直没找上媳妇，那阵没找上媳妇的都去山区找，有四川的，有承德的，有湖南的……几千块钱就带个媳妇来。男人也托人带媳妇来,就是这个死了丈夫的女人。媒人说男人富着呢,改革开放后靠手艺吃饭,小日子殷实着呢。女人因为当时想急切地逃离那个家庭,她问都没问是什么手艺就过来了,过来才知道原来他的手艺是在外面风吹雨淋地修补破鞋,再加上男人长得困难点儿,这让她有种上当的感觉。回去,已经没有退路了,婆家的人叫她丧门星,说是她克死了第一个丈夫。其实不是,是她丈夫喝多了酒和人赌博打架打死了。从她结婚那天起她就没过过一天好日子,前夫喝醉了酒就要打她,她生了女儿婆婆要骂她,在贫困的山区她是没有任何地位的。她认为这就是她的命,她在又嫁之后才知道男女之间居然还有一种叫爱情的东西。

结婚之后男人很宠她,隔三差五给她买些小玩意儿来,一盒粉饼,一支口红,几串荔枝……长到 30 岁,她从来没有使过口红,更不用说吃荔枝,她觉得自己比杨贵妃还要幸福。吃荔枝的时候男人却不吃,只是傻傻地看着她吃。她让他:"你也吃。"他说:"我不爱吃那东西,看你吃我就高兴着呢。"后来她偶尔上街,一问吓了一跳,荔枝竟然 20 元一斤,她一下子就泪湿了,他怎么可能不爱吃荔枝?他是舍不得吃呀。她更加疼他,晚上回来做好热乎乎的晚饭等他,早晨总是早早地起来给他做饭,冬天的时候男人在街上冻一天都冻透了,女人就把男人的脚放到自己怀中暖着,直到男人身体不再僵硬为止。男人也很知足,说是上辈子修来的福才会娶上她,自己为什么到 50 还没结婚?等她呐。说得女人心花怒放的。

女人在家清闲了一年,男人不在家的时候她觉得时间过得真慢,也无聊。看着男人那么累她心疼,男人说活儿越来越多,他都忙活不过来。女人说,给我买台机器吧,我和你一块修鞋去。男人不许,说能挣下钱养她,可女人认了真偏要去。于是街上总能看见一对老夫少妻在修鞋,两个人紧挨着,有修鞋的两个人就修,没有就有说有笑地聊天。冬天的时候刮大风,街上人越来越少,他们两个在大风中说着什么乐事。女人的手都冻裂了,耳朵也冻得青一块紫一块的,这时男人买来一块烤红薯,红薯散发着诱人的香味,男人剥开,用嘴吹着,却没吃,他把红薯送到女人嘴边,女人幸福地吃了一口,又吹了吹,让男人吃。他们你一口我一口地吃着,好像享受一顿美食,好像吃着爱情的盛餐。

有一天,男人对女人说,总有一天我要走在你前面。女人就哭了,说,那我和你一起去。男人说,那我会生气的。男人说,咱们现在的钱还不多,我们再挣几年,给你养老应该没有问题,还有,我给你在一块地里种了五百棵树,等有一天我去了你也不能动了,那五百棵树也长大了,我相信那五百棵树就能养活你了!

女人扑到男人怀里就哭了。五百棵树,那只是五百棵树吗?这一辈子没有人这么替她想过,男人甚至给她想到了老年,她觉得这辈子真是值了,现在城里人时兴种什么夫妻树同心树爱情树,她的男人给她种的树要比那些树珍贵一万倍!

两年后,他们有了个儿子,儿子的名字极通俗,叫幸福。

感恩提示
gan en ti shi

　　有一种幸福叫平淡,有一种爱情叫付出。整篇文章中没有一句华丽的词藻,没有一句特意的渲染烘托,就这样娓娓道来,连对话都那么朴实自然。可就是这样一对平凡的夫妻,这样几件平凡的小事,让我感觉到一股如春天花开般的暖暖感动。

　　丈夫狠心地掏出口袋里不多的几张钞票,买了几串奢侈的荔枝,只为了能看到妻子吃时的快乐表情;妻子愿意早早地起来做饭,愿意在风里雨里修破鞋,也只是为了能让丈夫少累点儿。一块烤红薯,就是一顿盛餐,五百棵树就是真心的爱!怎样才是爱?每个人心中都有一份向往,可我知道,这对夫妻间的爱情足以令一切华丽的海誓山盟霎时变得苍白无力!

　　岁月无情,再美的爱情也不可能直到天荒地老。也许真的会有那么一天,丈夫先走了。可是妻子定会坚强地活下去,因为有丈夫深深的爱永藏心头,那片土地上的五百棵树已郁郁葱葱,她还有他们的孩子。她依然幸福,因为她曾经幸福。

(杨婉婷)

　　虽然已经时隔三十年,但贝蒂还是脱口叫出了他的名字。里奇也马上认出了她,两个人相拥而泣。

一生找寻丢了的爱

◆文/高 峰

　　这是一个真实的故事,当出版社听说这个故事后,马上与女主人公联系,希望她著书出版。著名导演斯皮尔伯格也被这个故事所打动,他的"梦工厂"已经提前买下了它的电影改编权。

　　贝蒂·马科维茨是在学校里认识里奇·科瓦奇的,当时这个长着一双漂亮蓝眼睛的小伙子微笑着提出送她回家,两个人边走边聊,到家门口时才发现其实两家只隔着几条街。从那天起贝蒂就爱上了里奇,那一年她11岁,他也不过13岁。

可是他们的浪漫很快就被笼罩在战争阴云中。里奇和贝蒂经常不顾宵禁，偷偷跑出来见面。为了不让纳粹分子发现他们的犹太人身份，贝蒂在缝着"黄星"——希特勒强迫所有犹太人身上缝着的标记——的衣服外面罩上一件外套。"只要每天能够见到他，我就心满意足了。15岁时他向我求婚，我迫不及待地答应了，憧憬着那一天的到来。"两人甚至制订了一个美好的蜜月计划：战争一结束他们就结婚，婚礼将在他们跳过舞的皇家饭店举行，此后就去威尼斯度蜜月。

没过多久他们就被捕了，此后被送到不同的集中营。贝蒂被关在奥地利的莫胡森集中营，她在那里差点儿死于伤寒，正是凭着对里奇的思念才使她活了下来。"在集中营医院里我昏迷了整整六个星期，醒来后一位女孩问我：'谁是里奇?'我奇怪地问她你怎么知道里奇的?她说我在昏迷时不停地喊着这个名字。"

贝蒂一康复就开始打听里奇的消息，但是集中营里的人都没听说过这个名字。经过近一年的痛苦煎熬，贝蒂一家所在的集中营终于被美国大兵解放。此后的几个月里，贝蒂继续打听里奇的下落，但依然杳无音信。在一个偶然的机会，她看到一份集中营人员档案，其中把里奇·科瓦奇列为"假定死亡"。但是她不相信这个结果，总认为有朝一日里奇能够突然出现在她面前。

在此后很长一段时间里，贝蒂都没有从伤心中恢复过来。母亲见到这种情形，连逼带哄地说服她嫁给了集中营的一位难友奥托·西摩尔，希望奥托的爱能使她忘掉里奇。贝蒂对这桩婚事没有一点儿热情，对奥托也很冷淡，甚至在结婚之前让奥托以生命的名义发誓，一旦里奇重新出现，就要让她回到他身边。奥托答应了这个条件，两个人在纽约开始了新生活。

奥托对贝蒂呵护有加，并与她生了三个孩子。可是贝蒂仍然对里奇念念不忘，经常向其他集中营难友打听他的下落。苍天有眼，命运之神终于安排他们重逢了！1975年，贝蒂带着大女儿桑迪在战后第一次重返布达佩斯，就在她们准备离开匈牙利的前一天晚上，贝蒂决定去皇家饭店吃顿晚饭，那里就是她和里奇当年商定举行婚礼的地方。当侍者端上第一道菜时，贝蒂一扭头看到了一个熟悉的背影：里奇就坐在旁边的桌子上。虽然已经时隔三十年，但贝蒂还是脱口叫出了他的名字。里奇也马上认出了她，两个人相拥而泣。

并肩走在当年走过的街道上，贝蒂与里奇一直聊到第二天凌晨。里奇告诉她自己准备实践当年的诺言——虽然他也已经结婚生子，但他愿意立刻离开他们回到贝蒂身边。贝蒂心中充满了激动的狂喜，里奇还告诉贝蒂，他曾经根据别人提供的线索于1950年到纽约找过她，可是当他找上家门时一位男子告诉他那里没有贝蒂这个人。从里奇的描述中贝蒂知道那人正是奥托。她一下子变得怒不可遏，这些年来奥托一直都知道里奇还活着，却一直在对她撒谎，背叛了自己结婚之前发下的誓言,贝蒂立刻拨通了越洋电话。

"我冲他喊道,'为什么对我撒谎?'我听到电话里面传来了抽泣声,'我不得不那样做,因为我不想失去你。'奥托向我坦白里奇曾经找上门来,但是担心我会离开他,况且那时我们的第一个孩子刚刚出世,因此就把里奇骗走了。"贝蒂回忆道。

听了奥托的忏悔,贝蒂怒气渐消,而且使她感到吃惊的是,自己第一次对奥托有了一种负疚感。"这些年来他肯定一直生活在内疚中,承受了巨大的心理压力,这一切都是因为爱我。其实他一直都是个相当出色的丈夫和父亲,他给予我的爱要远远大于我给他的。"贝蒂含着泪向里奇解释了自己的感受,离开了布达佩斯,从此再也没有与他见过面。里奇一家目前也在美国定居。

从此之后,贝蒂与奥托的婚姻生活翻开了新的一页:她请求奥托原谅自己多年来对他的冷淡,他则请她宽恕当年"自私的谎言"。夫妻俩目前在亚利桑那州凤凰城过着幸福的生活。"与奥托的爱情故事比里奇的更加感人。虽然后者更浪漫,但前者更真实……我们无法改变过去,只能改变未来,我的未来是与奥托在一起,他是我生命中最重要的男人。"

感恩提示
gan en ti shi

这是一个曲折浪漫的故事,一个真实感人的故事。

对一个不爱自己的女人呵护有加,仅仅出于自己的喜爱绑着一个女人,他是个没用的男人。但我却觉得他是伟大的,几十年来不懈的努力,对家人而言,他都是个相当出色的丈夫和父亲,即使这些努力在贝蒂和里奇重遇那瞬间仿佛失去意义,但不管是为了爱还是家庭,他一直都在努力,他就是女主人公的丈夫奥托,这几个孩子的父亲。

对一个深爱自己却又远离自己的女人思念如海,他为了寻找丢了的爱花上半辈子,他是个感情专一的男人。当他们相遇后便把自己准备实践当年的诺言告诉贝蒂时,我们都感动了。他就是终究找到丢了的爱但却没有找回爱人的男主人公里奇。

在与里奇相遇之前,她以为自己只爱一个人,而且相信这爱会是永恒。在她执著的等待的几十年中,她被丈夫奥托的爱与孩子们的需要感动了,她自愿放弃了这几十年执著的等待。显然,比起她生命中的两个男人,她是更伟大更有勇气的。她明白现实是真实的,无法改变与里奇浪漫的过去,只能改变未来,她的未来便是学会爱,深爱她的丈夫,与他翻开生命的新一页。

(孙思慧)

我太想老伴了!我天天练琴拉琴,就是想让她听见,让她高
兴,让她知道我想她……

飘向天堂的琴声

◆文/舒 琴

97

去年暑假,我应邀去一所老年大学代授琴课,一个星期后,一位瘦削、白皙、长着两道剑眉的70岁左右的长者要插班学二胡。他斜挎着琴盒站在教室门口,看上去有几分疲惫,眼睛还有些微红,但他执意说想学琴,能跟上。我把他安排在临窗的一个空位上。

那个空位曾是一位六十多岁女学员的座位,一个月前她因为晚期肝癌去世了。老人的头发雪白,还鬈鬈的,像电影演员秦怡。她学了两年二胡,拉得已经很专业了。据说她喜欢二胡已经到了一天不拉心里不安,一晚不拉无法安枕的地步,老伴戏称她是"琴痴"。

说也奇怪,自从这位"插班生"来了以后,我常常在他身上看到"琴痴"的影子。这位老先生拉得也很认真投入,从执琴到运弓,不懂就问。除此之外,他还央求我每周给他多加一小时的"小课"。"我交补课费。"他一再央求。在这儿学琴的老人大多很执著,有时像个孩子。

就这样,每周两次四个小时的大课后,别的学员放学回家,他留下来继续学。半年后他已经能很熟练地拉《雪绒花》了,而且我发现每次他都要在我离开教室后很认真、很投入地从头至尾拉一遍《雪绒花》。他拉得节奏流畅,音色优美,但不知为什么,节奏总是比平时处理得慢半拍,绵长而低沉,像是一个人在对另外一个人倾诉,深深浅浅地低回在我的心头。

有一次,我从办公室出来想回家,教室里又响起《雪绒花》缓缓的琴声。我翘首从门上的玻璃往里看,发现老先生端坐着,脸朝外,忽高忽低忽远忽近的琴声从他的弦上汩汩地流出,飘向窗外,而窗外已是暮色渐浓,几片云悄悄地隐去,似乎怕挡住琴声飘向更远的天际。忽然,琴声戛然止住了,我看见老先生抱住琴杆,双肩抖动,既而,我听到嘤嘤的啜泣。

我推门进去,老先生端坐未动。当我低声询问他时,他突然抱住我,一阵大哭,

他哭得像个孩子似的对我说："我太想老伴了！我天天练琴拉琴，就是想让她听见，让她高兴，让她知道我想她……她去了天国……"后来我知道，他的老伴就是那位头发雪白还鬈鬈的"琴痴"。

感恩提示
gan en ti shi

"爱情就像一扇门，当我第一次打开门的时候，看见你走过；当我第二次打开门的时候，你已经消失不见。"当他第一次轻叩门扉的时候，她安静地微笑着轻轻拉着二胡，当他再次叩响门扉的时候，她弃他而去，弃世界而去。他笑了，他知道她是去了一个遥远的国度。她再也不会轻轻地从那门前走过，再也不会。

他知道自己仍看不透生死离别，但假使一切看得过于透彻，世界于他，似乎是可有可无的了。琴声依旧飘向天国，安抚着逝去的灵魂，只是她已不在，曾经牵着手走过的路，现在剩下他一人独行，他唯一能让她依偎在身旁的办法只是轻轻地拉响二胡。

"生死契约，与子相悦，执子之手，与子偕老。"在那遥远的国度，为他再度将《诗经》中的这句话念给她听时，或许他已紧紧抓住她的手，永不松开。

（陈子曲）

尽管外面天寒地冻，风雪交加，可在夫和妻紧紧挨挤在一起的心里，却是一片暖洋洋的，像是燃烧着一盆不肯熄灭的炭火……

一　生

◆文/凌可新

一对夫妻，雨雨风风，相伴相依，度过了几乎所有的时光后，都已鸡皮鹤首、垂垂老矣。一日夜里，夫和妻躺在被窝里，听着外面呼啸的寒风，不知怎么，忽然就说起了死的话题。

死并不是可怕的，问题是谁先死。

夫说:该我先死。你要是先死了,我就没人做伴儿了。我这人心粗,也不会烧火也不会做饭,连衣服都洗不好。夜里睡觉又死沉,被子掉炕底下也不会醒。你要先死了,我饿不死也冻死了。

妻说:还是我先死吧。你是男人,就算人老了,还有几分威呢。再说你胆子大,不害怕。我一个妇道人家,不要说别的,就是冬天长夜的没你给焐着脚,我连觉都睡不好。我爱侍候你。没你这么个人侍候着,我活着也跟死了差不多。还是我先死了好。

夫说:你说得不对。我活着,儿子闺女不来照顾你,说是你有伴儿,有人照顾你。其实这一辈子,除了种田,我照顾过你什么?你生病什么的,还不是硬撑着?实在撑不过去了,才叫我去买几片止痛片。你坐月子,我也搭不上手,哪回都是才十天八天你就从炕上下来了,头上围块手巾忙这忙那。我死了,儿子闺女就得接你去他们家住了。那么,你还不就过上了舒心日子?也省得你还跟着我受罪,颠双小脚侍候我吃穿呢。

妻说:你这么说也不对,就算他们接了我去,我也过不惯的。与其那么了,还不如我先死了好。

夫说:你死了,我也活不长了。当初娶你那阵子我就想,这一辈子我可是为你活着的,给你当牛做马。那会儿你可真是个美人儿,十里八村的小伙子哪个不惦记着你呢?到头儿你还不是看上了我!那阵子不比这会儿,看上个人能嫁他,差不多比登天还难呢!你就不怕难,还硬是嫁了我。

妻说:我也是看着你是个靠得住的人。你那会儿身强力壮、浓眉大眼的,见人就脸红,就笑。一笑就叫人爱看。见了你才一回我就铁了心,非嫁你不可。为这,我可没少挨爹的鞋底。可爹到底犟不过我。

夫说:就冲这,你也不能先死。你活着,我心里就高兴哩。

妻说:这话也该我这么说。

争了一会儿,妻扑哧笑了,说:夫啊,你知不知你先死是难为我呢?你死了,眼一闭,就什么也不用管了,苦了的是我呢,我得白天黑夜念叨你,逢年过节的还得给你烧香燎纸。大冬天我一个人躺被窝里,心里心外都冷。夜又那么长,我胆儿又那么小,我还不得哭一脸泪水?你说你要是先死了,是不是留了罪给我受?还是我先死了好。我死了,这些罪就归你一个人受了。

夫不吱声了。久久,夫说:要么,咱都不死?咱这么过也过惯了。虽说日子不比别家的好,可咱老夫老妻的,到底比别人守的日子长久。要是哪天真想死了,咱就一块儿死。那些罪咱都不去受它。烧香燎纸的活儿,就叫儿孙们做吧。

妻说:成,咱就这么活着。

夫说：咱就这么着。

妻又说：我侍候了你五六十年，我还没侍候够你呢。

夫也说：我给你焐了一辈子脚，到这会儿才焐出滋味儿来了呢。

说罢了夫和妻都笑。就往一起挤，挤得紧紧的。

尽管外面天寒地冻，风雪交加，可在夫和妻紧紧挨挤在一起的心里，却是一片暖洋洋的，像是燃烧着一盆不肯熄灭的炭火……

感恩提示
gan en ti shi

　　一对平凡老夫妻，在寒风呼啸的季节里，平淡地叙述说着"死"的话题。死，一个不吉利的字眼，一件令许多人都畏惧不已的事情。面对死亡可能很多人都会满心恐惧。但这对老人在谈论死时竟然如此轻松。是什么让他们如此从容？答案很简单，便是一个爱字。因为心中有爱，死亡变得微不足道。因为有爱，他们眼中尽是另一半的身影。

　　爱，令他们不再顾虑自己的生死，因为对方的存在是自己生存下去的意义了。他们可以不畏惧自己的生死，但却始终放不下对对方的牵挂。在生死面前，他们选择的都是让对方活下去。说出千万个理由，都只是为说服对方让自己先死。殊不知，心底的爱已将他们连成一体。这千丝万缕的爱丝是无法割断的。

　　他们用平常的语气，用朴实的语言叙说让对方活下去的理由，同时也是在回忆两人相处相爱的点点滴滴。他们的爱情也许并不轰轰烈烈，但却是最真实的，是我们周围千万对爱侣爱情的真实写照。

　　一个个平常的生活细节，一段充满爱的回忆，爱早已将他们联系在一起。他们已无法离开对方。为了对方，他们做的只是要好好生活下去。内心那团爱火早已驱散了寒冷，他们仍要携手共度人生路。

　　就在这平淡生活中，就在这朴实的语言中，我们已被两人真挚的情感所感动。感动并不在远，它就在你我平淡如水的生活中。

（林　渊）

第二天一大早,霍克就办妥了公司的移交手续,抱着一大
束白色的山茶花飞往纽约。他知道,对他来说,山茶花是最值得
珍惜的,那才是他的生命······

珍贵的山茶花

◆译/莞尔

二十多年前,霍克被迫与富家女露卡分手,之后邻家女孩西耶娜走进了他的
情感视线。她不漂亮,读书也不多,但勤劳善良。他们的婚礼朴素简单,西耶娜穿着
纯白的棉布裙子,在院子里采了一朵洁白的山茶花插在发际。"我是不是最漂亮的
新娘?"她顽皮地问。霍克一把抱起这个温柔的姑娘说:"当然!"从此,山茶花就成
了他们的爱情信物。

转眼,霍克的生意颇具规模了,他们的感情也由浓郁变得平淡。结婚二十周年
的日子,西耶娜特意提醒丈夫:"下班后能采一朵山茶花送给我吗?我想尝尝当年
的感觉。"

可临下班的时候,因为一个重要的晚宴,霍克只好把这件事交给了秘书小姐。
"山茶花?"秘书小姐大为不解,不过她很快自作聪明地联想到 Chanel 最近推出的
新款珠宝腕表,正是用山茶花图案勾勒的表面。然而,望着昂贵的 Chanel 腕表,西
耶娜心碎了。

晚上回到家,看见妻了神经分兮的样子,霍克个由得怀念起当年和露卡在一
起的幸福时光。他打开放在柜子最深处的一个红木匣子,那里面珍藏着他和露卡
的几十封情书,他准备像往常那样拿出来回忆一番,却意外地发现几封信的顺序
放得不对。一定是妻子偷看了这些信,他皱了皱眉头,想找西耶娜好好质问一下,
却发现她已经睡着了。

半个月后,一件更严重的事情让霍克恼火——他的办公桌上放了一张私家侦
探社的账单。他勃然大怒,毫无疑问,一定是妻子请了私家侦探查他的行踪。

下午茶时间,霍克在楼下的旋转餐厅点了啤酒,闷闷不乐地大口喝起来。一个
温柔的声音忽然传入耳朵:"少喝点,要爱护自己的身体。"是露卡!他猛地转过头,
看见了露卡那张清瘦的脸。"露卡,怎么会这么巧?"

"是啊!"露卡也激动地说。他们相谈甚欢,记忆中的点点滴滴都浮出水面。他们一起去了当初定情的小酒吧,还有一起走过的老街舍、河边的草坪,一切还是那么浪漫、美好。

回家后,霍克发现妻子不在,只留下了一张字条:"我知道我们之间出现了一些问题,也许大家分开冷静一下比较好!"霍克看了字条,觉得这未尝不是个好方法。当然,这样也更方便他和露卡叙旧。

周末,霍克特地买了一大束红玫瑰去看望露卡。她穿了一件露背的酒红色塔夫绸晚礼服,大厅里弥漫着小夜曲的浪漫情怀。"霍克,我做了你当年最爱吃的羊排香草奶油什锦饭,让我们一起来享用烛光晚餐吧!"

他们沉醉于暧昧的气氛当中,仿佛回到了当年情窦初开的少年时代。"她不知道是不是到了更年期,变得越发唠叨,还翻看我以前的信件,甚至找私家侦探来查我……"醉眼蒙眬中,霍克握住露卡的手,她的手温润光滑,一点儿也不像西耶娜那双糙手。"这么说,你是不是想离婚?"露卡试探地说,"也许我们应该让这种快乐的日子直到永远。"

"离婚?"霍克忽然一惊,从美梦中醒来,他意识到自己是有妻子的人了,"不,她从不这样怀疑我,也许我们还能相安无事地过下去。我们刚过了二十周年的结婚纪念日,夫妻恩情又怎能一下子割舍呢?"

露卡追问道:"你不是一直希望吃我做的羊排香草奶油什锦饭吗?"霍克面有难色地说:"你不知道我现在有糖尿病,已经很久不吃羊排香草奶油什锦饭了。其实我现在比较喜欢吃西耶娜做的鲑鱼芜菁通心粉。"

露卡望着霍克,脸上露出复杂的表情:"霍克,我不知道该怎么对你讲。也许我该自私地把你抢过来,可是现在我明白了,西耶娜一直在你心中占有最重要的位置。"

在霍克疑惑的目光中,露卡打开电脑,里面居然有好几封西耶娜寄来的电子邮件。

"前不久,我查出自己得了肝癌,很奇怪,我第一时间不是害怕,而是担心霍克的将来。我也曾做过傻事,跟踪他到夜总会,看着他逢场作戏,我的心就在滴血……他应该有一个贤惠的妻子而不是欢场上的舞女,应该有人专门照顾他的饮食,因为他有糖尿病,很多东西不能入口……这些事情,若非真正爱他的人,是不会细心体贴地为他做的。我知道你们当初分开是迫不得已的,所以我翻他锁在抽屉里的情书,找私家侦探寻找你的下落……他心里一直有你,而我心中一直有他。"

霍克的眼睛湿润了,原来这一切都是患有癌症的妻子一手导演的。露卡说:

"西耶娜一周前住进了纽约的医院,医生说她的情况很糟。"

霍克失魂落魄地回到家中,生活了几十年的家忽然如原始森林般陌生,他不知道拖鞋放在哪个柜子里,西装、领带该怎么熨烫……他一直以为自己是西耶娜的天空,原来反而是妻子以柔弱的双肩,为他撑起了一片天空。

第二天一大早,霍克就办妥了公司的移交手续,抱着一大束白色的山茶花飞往纽约。他知道,对他来说,山茶花是最值得珍惜的,那才是他的生命……

感恩提示
gan en ti shi

"山茶花是最值得珍惜的,那才是他的生命……"思绪被拉得很远,鼻子酸酸的。《珍贵的山茶花》给我们营造了一个情感的纯净空间,平平淡淡的生活在作者高超笔法的刻画下,显得如此动人!

在文中,得了肝癌的西耶娜,第一时间想到的竟然不是害怕,而是丈夫霍克的将来。为了丈夫的将来,她宁愿冒着被丈夫误解的风险,亲身导演了一幕凝聚真情的戏。我想,西耶娜的内心深处一定相信,丈夫终会明白她的。戏演到最后,丈夫霍克在旧情人露卡面前显露出妻子在他心中无可替代的位置。西耶娜日复一日的付出并不是无意义的,无微不至的关爱收获了丈夫的真爱。记得有人说过,女人的可以分为两类,一类是玫瑰般的女人,热情,性感,却有扎人的刺。还有一类是山茶花,平凡,淡雅,外表柔弱内心刚强。

西耶娜是山茶花般的女人,她的爱已经超越了世俗,因为我们知道把自己最心爱的人推到别人的怀抱需要多大的勇气,需要承受多大的痛苦。

(欧积德)

婚姻很像旅行，在它还没开始的时候，你满怀希望期待着它；等到它已经结束时，你会在记忆中怀念它。

爱你的"邻人"

◆文/林 夕

旅行其实是一件很劳累的事，飞机不如想象中神秘，景色也不如想象中美丽，游到一半，心中就有了一种钱袋被掏空的悔意。旅行之前，已经广而告之，所以每到一处，不仅要花钱吃喝游玩，还要花大价钱买些能证明本人"到此一游"的纪念品，回来送给各路神仙。我的大旅行包便日复一日地加重，到北京时，它已经压得我有些伸不直腰了。幸好有朋友来接我，我们两个抬着它上了出租车。

朋友帮我买了第二天返程的机票，又带我出去吃饭，介绍我认识了一些新朋友。第二天去机场前，我想应该送朋友一份礼物。打开包，一边翻一边想，眼光便落在一块石头上。这是我在黄山买的，是一块形状像"山"形的盆景石，当时我一看到就决定买来送给我家先生。平日里他没事就喜欢舞文弄石，在那些不知从哪儿搜集来的奇形怪状的石头上写写画画，种树养草，我想这对他应该是一份绝好的礼物，一定会换回他多多下厨房。但是买下来后我又有些后悔，因为它太沉了，足足有10斤。我坚持着背着它几乎走完了剩下的旅程，北京是最后一站，明天我就结束这次万里之行，回到滨城自己的小家。我犹豫了一会儿，把石头拿出来又放进去，折腾了几次，最后还是把它拿出来，放在桌上。等朋友来了，我就把这块石头作为离别礼物送给他，他很喜欢。

一小时后，飞机降落在滨城机场，我背着包往外走，一眼就看见我的先生探着头往里张望。他伸手接过我的包。我们回到我们的家。他下厨做饭，我洗漱歇息，然后打开包，一路上买来的各式各样的礼物堆了一地，先生进来了，我抱歉地说："东西太多我拿不动，没给你带礼物。"

先生大度地说："老夫老妻了，又不是外人，送什么礼物！"

我看看他，忍不住多说了一句："其实我还真给你买了一份礼物，一块很好看的石头，可惜太沉了，在北京让我送给朋友了。"

先生看着我，不高兴了："既然已经拿到了北京，也就一个小时的工夫，为什么还要送给别人？”

“因为我忘了给他买礼物。”

“这一大包的东西，送什么不行，偏要把我的那份送人！”

“谁让你的那份那么沉了？那块破石头又大又重，把我的包都快磨破了。”我也有些不高兴了。

“破石头怎么了？我就喜欢破石头！我不能因为要保持你的包就去喜欢棉花！”

“那你就和你那堆破石头过好了！”我气呼呼地一转身走开，扔给他一个背影。

晚上，我独自睡在女儿的小屋，不理他。

第二天，我背着那一大包的礼物，东奔西走，楼上楼下，送给表哥、小妹、同学、朋友、领导、同事、邻居，劳累了一天，回到家里，疲倦地睡着了。

第三天，一阵电话铃声把我从睡梦中惊醒，我拿起话筒：“喂，哪位？”

短暂的停顿，然后是一个有点儿熟悉又有点陌生的声音：“是我，你邻居。你知不知道我那条红灰相间的条纹领带放在哪儿了？”

我吓了一跳，赶紧起身，跑到对面的屋子，推开门，在一屋子的烟雾中，我看见懒洋洋的他斜靠在床头，拿着手机还要说什么。我瞪了他一眼，转身回屋，满屋子给他找领带。过了一会儿，听见他起床的声音，他把卫生间的水弄得哗哗响，把自己装饰一新，精神焕发地走出来：“今晚我要出差，去云南，你喜欢什么，我给你买。”

我没理他，继续找领带，终于在床柜的顶层找到了他要的领带。我把领带给他，他接过去：“说吧，说你喜欢什么，就是大理石，我也给你背回来。”

我看着他，吐出两个字：“棉花！”

他先是愣了愣，然后有些不好意思地笑了。走过来，给了我一个拥抱。

我依偎在他的怀里，有点儿伤感有些内疚——婚姻很像旅行，在它还没开始的时候，你满怀希望期待着它；等到它已经结束时，你会在记忆中怀念它。你常常想下一次旅程中会遇到一个什么样的人，也常常思念上一次旅程中偶然遇到的一个陌生伴侣，但却常常忘记你身边那个离你最近的人，他满怀期待，等着你关怀。

感恩提示

gan en ti shi

"你常常想下一次旅程中会遇到一个什么样的人,也常常思念上一次旅程中偶然遇到的一个陌生伴侣,但却常常忘记你身边那个离你最近的人,他满怀期待,等着你关怀。"如果真的是这样,那么你就应该明白,离你最近的那个人对于你才是最重要的。他无论处于何种境地都会留在你身边,关怀你,关切你,爱你的一切,愿意为你做任何事情。可是,我们往往最容易忘记他!

人活在世界上,倘若身边有这样的一位离你最近的人,那你就应该觉得幸福。读着《爱你的"邻人"》,你是否感悟到了什么吗?妻子甚至忘记了丈夫的礼物,丈夫甚至忘了妻子的辛苦,他们都出外旅行,事实上,他们所需要的只是那一种真情,一种真切表现出来在日常生活细节中的情谊。可是,这些,往往被我们忽略。《爱你的"邻人"》正启示着我们,一定要珍惜身边人,他也许正满怀期待,等待着你的关怀!

(欧积德)

那天回家后,他特意将三副铃铛挂在了车上。此后,每当他离开家行走在路上时,铃铛总会响起,丁丁当,丁丁当,他说这是世上最美的音乐。

听到幸福在歌唱

◆文/凡　娘

他为一个新项目连续几天在电脑前工作,终于完成后,他长舒一口气从电脑前站起来,却突然眼前一黑,什么也看不见了。医生诊断后说,他是因用眼过度,眼睛暂时性失明,只要好好治疗休养,不久就会恢复的。

突然陷入黑暗中的他,因为恐惧变得焦躁不安,一会儿狂躁地大叫,一会儿又暗自伤心长吁短叹。妻子却一副安之若泰的样子。她轻声细语地安慰他说:"医生不是说了好好休养就会很快恢复吗,你着急不但没用,对眼睛也没好处。不用再打卡上班,也不用开会出差,更不用熬夜,不如放松心情把这次生病当做一次休假,也好好在家陪陪我吧。"妻子说得倒是轻松，可陷入黑暗中的他却总也无力抵挡突如其来的恐惧，尤其是当家里安静下来时，他更是感觉到空虚与无助。妻子似乎明白他的心思，很快买来三副铃铛，一副放在他的枕边，说他若有事时就摇摇铃铛，她听到了就会马上过来；只要她和女儿在家，她们的手腕就各挂一副铃铛，这样，无论她们在哪个角落，在干什么，他一听就知道了。

　　自此家里到处都响着铃铛声，家与妻子、女儿的形象重新在他眼前鲜活生动起来，他再也不觉得周围是无边无际的空荡了。他自己的那副铃铛很少用，因为妻子替他把一切都想得很周到。他专注地听着那两副铃铛的响声。刚开始，他只觉得铃声乱成一团，后来他慢慢辨得出哪是女儿的铃声哪是妻子的铃声了。女儿的铃声永远急促而清脆，尤其是她放学进门后，她总是从门口的鞋柜上取下铃铛，套在手上，摇得丁当乱响，一路飞跑到他床前，不管不顾地趴到他身上叫："爸爸，今天老师新教了一首英语儿歌，我唱给你听。"然后又跳下床，边跳边唱。清脆的铃声和稚气的歌声，灌满了一屋。他一边听，一边想象女儿的每一个表情每一个动作，脸上不由得绽出了笑容。女儿一唱完，便又趴在他身上，为他读新教的课文，讲课堂上的趣事，一字一句地读妈妈给她买的课外书，和他探讨安徒生老爷爷是不是也有不对的地方，比如灰姑娘所有的东西在12点钟声响起时都变回了原样，可那只水晶鞋为什么没变回去……他一边近乎贪婪地倾听着女儿的声音，一边惊奇地发现，自己已经很长时间没和女儿这么亲近过了，女儿也不再是他印象中的小孩，她对人对事都有了自己的看法。女儿是什么时候长大的呢？他不知道。以前他只关心自己的事业，却几乎错过了女儿的成长！

　　妻子的铃声则舒缓而沉稳，让他想起在他常常晚归的夜里，她总是迎上来轻声问："吃饭了吗？我给你留了银耳汤……"而且只要她在家，这沉稳的铃声就是一条奔腾不息的小溪，不急不缓没有停息的时候：洗菜、做饭、擦桌子、扫地，隔一会儿就来和他说一会儿话。她仿佛不知疲倦，手里总是在忙着什么。他以前一下班总是瘫在沙发上一动不动，总叫着累死了累死了。妻子也和她一样上班下班，回到家却仍在忙个不停，她其实也一样累呀！但他何尝体贴过她呢？

　　女儿上学，妻子有事外出时，就放个小收音机在他枕边，说可以听听歌听听新闻。可他宁愿发呆听窗外的汽车轰鸣，也不愿打开收音机。他喜欢的是电脑，收音机在他眼里简直是弱智产品，而印象中听收音机的人不是老头老太就是寂寞的出租车司机。妻子说："你忘了？我们读大学的时候可是最喜欢听收音机的，特别是听点歌台里的歌曲。记得我过20岁生日时，你说你要送一份特别的礼物给我。过生日那天，我等着你来送礼物，却半天不见你的影子，快到中午时才接到你的电话，叫我别忘了听正午的点歌台节目。那天我打开收音机不久，就听到了主持人提到了我的名字,说一个爱我的男孩为我点了一首《月亮代表我的心》,祝我生日快乐。当收音机里响起这首歌时,我简直幸福得说不出话,同宿舍的女生都羡慕我羡慕得要死。后来你告诉我,为了让我在生日这天听到这首歌,你提前一个月写信给电台的主持人,又怕主持人收不到,还专门跑了趟广播电台。那是我这辈子收到的最美的生日礼物。"妻子的声音里有幸福也有一丝怅惘。

"我有那么浪漫吗?"要不是妻子提醒,他自己都记不得这件事了。

"当然。只是结婚后就越来越不浪漫。"妻子笑着,口气里并没有埋怨。

"其实我也想浪漫也想让你幸福啊。我一直想等以后有机会一定带你去度假,住大酒店,吃海鲜……"说到这儿他心一沉,叹一口气,"看来,这个愿望太不现实了。"

妻子仿佛没听到他的叹息,说:"你以为只有度假才叫浪漫?其实能天天和你一起吃晚饭,然后再和你说说话,我就觉得挺浪漫了。有首歌里唱,我能想到的最浪漫的事,就是和你一起慢慢变老,一路上收集点点滴滴的欢笑,留到以后坐着摇椅慢慢聊……这才是真浪漫,大幸福。"

这首歌他也听过,因为妻子平常爱哼哼,可只有在此时,在他只能用耳朵来感受这个世界时,他才真正明白了这首歌里所歌颂的最朴实最踏实的幸福。

躺在床上,他对自己的生活有了重新的思索,也更加迫切地希望自己的眼睛能好起来。

八个月后,他的眼睛真的好了!

为庆祝他康复,全家人外出吃了一顿饭。霓虹闪烁的街灯,川流不息的人群,这些以前觉得再平常不过的景物,此时在他眼里都变得格外美丽。吃饭时他一心为女儿和妻子夹菜,专注地看着她们吃,心里有说不出的喜悦。

女儿说:"爸爸,我既想你眼睛好又不想你眼睛好。"妻子瞪女儿一眼,呵斥道:"怎么这么说话!"女儿不理妈妈,继续看着爸爸说:"爸爸的眼睛刚出事那两天,我专门把眼睛闭上在家里走了一圈,觉得失明真是太难受了。想到爸爸难受,我也难受,我就希望爸爸眼睛快点儿好。再说,爸爸眼睛不好,妈妈老是一个人偷偷哭,眼睛都哭肿了……"他吃惊地看着妻子,妻子的眼圈红了:"那些日子我其实很害怕,因为医生对我说,像你这种情况有很快恢复视力的,也有好几年过去仍是老样子的。我真怕你是后一种情况啊……"他的眼圈也红了,紧紧搂住妻子的肩膀说不出话。可以想象,那些日子里,妻子承受了多大的压力啊。女儿又说:"我又怕你眼睛好了,再也不认真听我读课文唱歌了,你又会很晚才回来,我老见不着你。"他一手搂住女儿,一手搂住妻子,声音有些哽咽了:"不会的,爸爸从此一定会好好听你唱歌,好好陪妈妈说话……"

那天回家后,他特意将三副铃铛挂在了车上。此后,每当他离开家行走在路上时,铃铛总会响起,丁丁当,丁丁当,他说这是世上最美的音乐,他听到了女儿和妻子的叮咛,听到了幸福在歌唱……

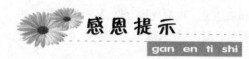

感恩提示

一切在平静中度过,尽管有刹那的浪涛,亦无法抑住不快不急的溪流,慢慢地流向天际。

这篇文章中的爱就如那溪流般,平静自然,不随岁月流逝。

事故发生后,妻子丝毫未有放弃之心,痛哭后依然有条不紊地照顾丈夫。这是溪流般无言的爱。

点滴温情流入我们心头,缓缓地注入心田,流遍我们全身,按摩着我们的肌肤,妻子用自己的行动诠释了爱的真正含义。爱情是个很广宽的领域,它能囊括所有,亦能空心独撑,表达爱有很多种方法,无言只是其中的一种。只要倾注了心中的感情,在恋人眼中,无言也是最富含感情的言语。或许爱是一种默契,与自己心爱的人心有灵犀,这个世界就不再需要语言,不再需要眼神,不再需要承诺。喜欢聆听着生活。作品中的这铃铛不过是个道具,是个比喻,它时时刻刻提醒我们要注意聆听生活,注意聆听心爱的人的心中的声音。

(陈 奋)

感·人·至·深·的·89·个·爱·情·故·事·

妈妈一边吃,一边掉眼泪。眼泪和着菜,全都是幸福的滋味。

鱼香茄子的爱情味道

◆文/段 苏

爸爸不经常下厨,下厨必做一道菜——鱼香茄子。我不明白,妈妈为什么那么喜欢,每次都要吃个底朝天。

不过,爸爸做这道菜确实拿手。一整个的茄子不切开,把它蒸过然后在炭火上烧熟,直到茄子皮焦黄焦黄的,煞是好看。接着,把茄子切成很多小块,但刀不能切到底,要保持茄子整个的形状放在盘子里。最后,把事先调好的汁,滚烫的,浇到茄子上。一眼看过去，红红绿绿间好像卧着一条美丽的鱼。不但好看，而且好吃，入口松软，唇齿留香，真还有鱼肉的味道。

我知道好吃，但绝对不会去学，爸爸做的时候我根本不想挨近看有什么秘诀。我甚至奇怪，为什么爸爸有心情做这样麻烦的菜。我是现代女性，信奉的是男女平等。我视做饭为洪水猛兽，宁肯不吃也不做。因为这些，我被大家怒斥为女权主义者，男友和我也经常因此闹点儿别扭。

那一天，我们又吵架了。起因就是做饭问题。我懒散地坐在沙发上看电视，他不停眨眼示意我去帮帮厨房里的妈妈。我故意视而不见。几个回合后，他忍无可忍，大声责备我："从没见过像你这么懒的人！"我也火冒三丈，一字一顿地回击他："现在你看见了。你后悔还来得及。我告诉你，我就是不做饭，现在不做，以后也不做！"

他正准备拂袖而去，被听到动静从厨房里出来的妈妈拉住。

妈妈让我们坐下，清清嗓子，给我们讲了关于鱼香茄子的故事。

那是二十多年前，妈妈和爸爸刚刚结婚。妈妈是个很能干的女人，风风火火，不但工作上干得有声有色，而且家务事也样样来得，尤其烧得一手好菜。爸爸简直是过着衣来伸手饭来张口的少爷生活。所有人都羡慕爸爸，说娶到妈妈真是一生的福气。

有个周末，家里要来客，妈妈忙不过来，就叫爸爸帮忙递递菜递递碗什么的。千呼万唤，爸爸却只应着不挪步，眼光都不肯从书本上移开一下。油锅"呼"一下着了火，妈妈又气又急，手忙脚乱间还把锅打翻了，结果烫伤了脚。

爸爸当时肠子都悔绿了。

妈妈卧床那些日子，突然变得很爱吃鱼。那时，生活水平那么低，吃鱼吃肉一般是过年过节才有的奢侈。妈妈的伤，其实已经花了很多钱，几个朋友那里都已借遍。所以，给妈妈买过两次鱼以后，经济捉襟见肘的爸爸就只有愧疚和无奈了。

大约过了一个星期，爸爸在晚饭时间兴冲冲端了一盘鱼放到妈妈面前。浇汁的鱼，满屋子的芳香。妈妈吃了一口，说不出是什么鱼，细细咀嚼，发现不是鱼肉，却有鱼的鲜香滋味。爸爸得意洋洋地笑："这叫鱼香茄子，味道好吧？"

原来，爸爸托朋友找了一个食堂大厨拜师学艺。人家本来不肯教的，但他好说歹说，大厨师感动了，才把这门绝活教给他。家常菜其实是很难做的，考手艺。爸爸学了一个星期，才有点儿眉目。他像献宝一样，不停问妈妈："好吃吗？"还说，以后再不袖手旁观了，一定会帮妈妈一起做家务活。妈妈一边吃，一边掉眼泪。眼泪和着菜，全都是幸福的滋味。

故事讲完，妈妈擦擦眼角轻叹一声："一晃，也吃了那么多年了。好像还有很多滋味呢。"刚下班进门的爸爸也语重心长地接口:"为一个关心的人做饭,其实有时候就是一种乐趣。两个人在一起,本来就应该互相体谅和包容。"

他们相视着微笑。而男友也紧紧握住我的手,我抬头看他,他正冲我深情地看过来。我悄悄决定了,明天就开始向爸爸学艺,学这个他拿手的鱼香茄子。

 感恩提示
gan en ti shi

"为一个关心的人做饭,其实有时候就是一种乐趣……"

看完这篇文章,没有什么很震撼的感觉,只是忽然很想吃那道鱼香茄子。当然,不应该有人会因此认为我是个感情麻木的馋猫,因为对一道饱含感情的平凡小菜的向往和对山珍海味珍品佳肴的渴望在本质上是不同的。正因为如此,尽管我很盼望一尝这道人间美味,但绝不会随便在街上找一个馆子就点菜。最爱吃的东西当然得由最爱的人亲手烹调,或许应该调过来说?正因为那菜是你最爱的人亲手为你做的,它才会有幸成为你今生最爱的佳肴。

(伍艳华)

> 每个人心里都有一扇门,那扇门的名字叫"怀疑","爱"是那扇门唯一的钥匙。

钥　匙

◆文/紫　云

他是个爱家的男人。

他纵容她婚后仍保有着一份自己喜爱的工作,他纵容她周末约同事回家打通宵的麻将,他纵容她拥有着不下厨的坏习惯,他始终都扮演着一个好男人的典范,好得让她这个做妻子的自惭形秽。

她第一次怀疑他,是从一把钥匙开始。

虽然她不是个一百分的好老婆,但总能从他的一举一动了解他的情绪,从一个眼神了解他的心境。

他原有四把钥匙,楼下大门、家里的两扇门以及办公室等四把,不知从何时起他口袋里多了一把钥匙,她曾试探过他,但他支支吾吾闪烁不定的言词,令她更加的怀疑这把钥匙的用途。

她开始有意无意的电话追踪,偶尔出现在他办公室,名为接他下班实为突击检查,她开始将工作摆在第二位,周末也不再约同事回家打牌,还买了一堆烹饪的录像带和食谱,想专心的做个好老婆,可是一切似乎太迟了。

他愈来愈沉默,愈来愈不让她懂他心里想什么,常常独自一个人在半夜醒来,坐在阳台上吹了整夜的风。他变得不大说话,精神有点儿恍惚,有一次居然连公文包都没带就去上班,他真的变了很多,唯一没有变的是他对她的温柔和体谅,但她的猜疑始终没有消减。

在日以继夜的追查下,她终于发现那把钥匙的用途,是用来开启银行保险箱的,于是她决定追查到底,她悄悄地偷出了那把钥匙进了银行。当钥匙一寸一寸的伸进那小孔,在她慌张又迫于知道答案的眼里,谜底即将揭晓。首先映入眼帘的是一个珠宝盒,她深深地吸了一口气,缓缓地打开盒盖,然后,心里甜甜的笑了起来:"这个傻瓜。"那是他们两人第一次合照的相片。

照片之后是一叠情书,算一算一共二十八封,全是她在热恋时期写给他的,这个时候甜蜜是她脸上唯一的表情。珠宝盒底下是一些有价证券,有价证券底下是份遗嘱,她心想:"待会儿出去一定要骂一骂他,才三十出头立什么遗嘱。"

虽然如此,她还是很在意那份遗嘱的内容。她翻开封面,内容写着××阳明山的别墅和存款的百分之二十留给父母,存款的百分之十给大哥,有价证券的百分之三十捐给老人机构,其余所有的动产、不动产都写着一个名字。

她哭了,因为这个名字不是别人,正是她自己。所有的疑虑都烟消云散,他是爱她的,而且如此忠诚。正当她收拾起所有东西准备回家为他筹办丰盛晚宴时,突然,一个信封从两叠有价证券里掉下来,那已经退去的猜疑,又复萌了,她迅速地抽出信封里的那张纸,是一张诊断书,在姓名栏外她看到了先生的名字,而诊断栏上是四个比刀还利的字:"骨癌中期"。

每个人心里都有一把钥匙,那钥匙的名字叫"怀疑"。

我觉得最后一句应该是:每个人心里都有一扇门,那扇门的名字叫"怀疑","爱"是那扇门唯一的钥匙。

感恩提示
gan en ti shi

　　他是一个沉默的人。他忍让妻子,他兢兢业业地工作,他没有像大多数男人那样仅仅嘴里说"我爱你"。他深爱着他的妻子,却没有用言语表达出来。爱不是说出来的,而是做出来的。

　　当妻子满腹狐疑打开银行保险箱时,首先出现的竟然是他们的结婚合照。这与妻子内心的怀疑形成鲜明的对比。爱,是不需要怀疑的。

　　每个人心中都有一道门,或怀疑,或嫉妒,或谎言……但是每个人手上都有一把钥匙,叫做爱。

　　在婚姻、家庭,甚至职场校园中,误会、怀疑封锁了我们互相沟通理解的门,于是家庭纠纷、离家出走、尔虞我诈的事情时有发生,我们为何不拎起"爱"这把钥匙呢?

　　爱就在我们的周围。只要双方多一分宽容,少一分怨恨;多一分体贴谅解,少一分斤斤计较;多一分宽大胸怀,少一分满腹狐疑。拿起爱这把钥匙吧,去打开那扇心中紧闭的门。不要像文中的妻子那样等到即将失去,才想去抓牢。

(庞东明)

感·人·至·深·的·89·个·爱·情·故·事·

　　当年收到解除婚约的证书后,她没说什么,也一直没有再嫁。只是弥留之际嘱咐儿子,在自己身边留一个空穴,就如在世时,在身边留的空铺。

商　量

◆文/莫小米

　　她是在上世纪50年代初嫁给他的。那时候,她是梳着两条麻花辫子的女学生,他是英俊的解放军营长。

　　欲嫁未嫁时,他告诉她,乡下家里已经有一个老婆了,老婆还为他生了两个孩子。

　　他说,他们俩的事,要与老婆商量一下——老婆大他8岁,从小带他长大的。她很生气,哭了,像梨花沾雨。他哪受得了这个,连说算了算了,只寄了一纸解除婚约的证明回家。事情就过去了。

这一桩婚姻长达半个世纪，金婚。新世纪初他们所在的城市晚报征集金婚老人的故事，他俩带着甜蜜的笑容，上了幸福榜。

不久，老爷爷以90岁高龄去世。遗嘱中说，自己的骨灰，要运回故乡去。老奶奶弄清情况后，抹着泪找到晚报的记者，要记者为自己做主："五十年的夫妻，五十年的婚姻，他居然要和前妻葬在一起！"

记者也想不通，就去找老爷爷与前妻的儿子。

翻山越岭，儿子将记者带到了母亲芳草萋萋的坟前。

老爷爷的前妻，去世已有三十多年了。当年收到解除婚约的证书后，她没说什么，也一直没有再嫁。只是弥留之际嘱咐儿子，在自己身边留一个空穴，就如在世时，在身边留的空铺。

她的墓穴与空穴之间，有一个小孔相通。前妻的儿子说，这是他们乡里的风俗，相通的小孔，称为"商量洞"。他们相信，人死后，也是有事情需要商量的。记者将所见的情景告知老奶奶，老奶奶沉默了。她记起当初，准备结婚时，他曾说过：要回去，商量一下。原来他一直记得这件事。

现在，他终于回去，与她商量。

 感恩提示

gan en ti shi

恩恩爱爱，也许是夫妻情感的最高境界，但是，现实中的很多夫妻，常常只有恩，没有爱。恩爱本是两种情，《商量》一文中的老爷爷和他的前妻，是时代注定的悲情夫妻，老爷爷对她的感情，一定像是弟弟对姐姐那样单纯，因此，当真爱来临，他毅然决绝地以一纸休书与前妻作了了结。中国的传统观念对女性的束缚往往是残酷而带着悲剧色彩的，前妻默认了丈夫的抛弃，却未再嫁，在她的观念中，她依然属于这个男人，直至去世还为他遗下一方空穴留待浪子回头。这样的女人，在情感上她们是弱者，我们总是为女人这样的宽容、大度唏嘘不已，而对像老爷爷这样的男人，作为一名婚姻的背叛者，在世俗的谴责、鄙视和憎恶等压力下选择爱情放弃恩情时，我们也该为他的选择鼓掌，这种选择同样需要巨大的勇气。

老爷爷做出与前妻合葬的决定并不出人意外，即便与前妻没有爱情，但恩情依旧，人非圣贤，孰能无情，爱情不是人一生唯一的感情，当爱情走到尽头的时候，也许恩情才会显得弥足珍贵。

（邵孤城）

感·恩·爱·情

114

第四辑
流转时光的爱

我是天空里的一片云，
偶尔投影在你的波心——
你不必讶异，
更无须欢喜——
在转瞬间消灭了踪影。
你我相逢在黑夜的海上，
你有你的，我有我的，方向；
你记得也好，
最好你忘掉
在这交会时互放的光亮！

他一直说阳光路17号,她听着,在黑暗中流下眼泪。最后,她握住他的手:因为有你,那条路应该叫阳光路。

阳光路 17 号

◆文/雪小禅

她和他新婚后不到一个月,他就出去打工了。

都是穷人家的孩子,结婚时只买了一个床。他们山村的男人几乎全出去打工了,山上的东西实在是不能养活他们。

她在家里,种地,养猪,赡养老人,等待着他从远方来的信和寄来的钱。

每个月,他都会给家里寄钱,或多或少。收到他寄来的钱的时候,她像个孩子一样,跑到储蓄所存起来,舍不得花掉一分钱。

收到他信的时候,她一个字一个字地读。他们文化都不高,仅仅能写一封信而已,他的字丑陋,可是她喜欢,那字里行间,满是对她的牵挂和惦念。

她也写回信,羞涩地表达着想念和惦记。正是新婚,她还如"薄酒小试春衫透"的小妻子,每一瓣心花里,全是那个黑黑瘦瘦的男子。

他的地址她早就背下来了——阳光路17号。

阳光路,多好听的名字。在那个繁华的大城市,这条阳光路一定是铺满了金灿灿的阳光。于是她对阳光路17号充满了向往。

何况,他在来信中说,阳光路是一条非常漂亮的路,绿荫蔽日,有碎石铺满的小路,我们这里的条件相当好,住的是有阳台的那种房子,虽然是打工,可并不觉得苦。

于是她的想象就更加完美,甚至出现了小说里的场景,那阳台上有杜鹃花吗,有水仙花吗?那围墙上爬满了青藤吗?这种想象让她对外面的世界充满了好感,所以,等待着阳光路17号的来信成了她最大的快乐。

她喜欢听他描述外面的世界,那些红白相间的房子,那些穿着漂亮衣服的女孩子,那悠扬的钢琴声,当然,她还听他说起过麦当劳。她只是听说过那种美式快餐,他在信中说,什么时候来了,我带你去吃。

但那年的春节,他却没有回来,他说,公司组织去海南旅游了,机会难得,还是明年再回来吧。

她逢人便说，我们家男人去海南旅游了，公司组织的。好像公司是个很气派的词，好像海南是国外一样。

她存折上的钱越来越多了，她跟他说，明年你回来，我们一起盖个新房子吧。

他们在信上的计划是那么美好，盖个新房子，买点儿小猪仔，再种点儿玉米，生一个小孩子，想着想着，她就会甜蜜地笑。

他离家快两年了，她想他想得快发疯了。毕竟是新婚离开的啊，于是她准备动身去找他，想给他一个惊喜。

坐了三天三夜的火车，她终于到达了那个城市，那真是一个美丽的大都市，她一下子就晕了，如果不是警察帮助她，她简直分不清东南西北了。

她把写着阳光路17号的纸条递给警察，警察说，很远的地方，在郊区呢，离城市还有两个小时的车程。

她呆了一下，以为听错了，他明明说是在市中心啊。

坐了两个小时的车，她又打听这个地方，有人指给她说，往前走，那边搭的简易棚子就是！

她终于看到一个破牌子上写着：阳光路17号。

那是一个简陋的木牌子，上面有水泥和白灰，她也看到了那些简陋的房子，真是红白相间，红的砖，上面画着白线，而刚才路过那些漂亮的小区时，她也的确看到了带阳台的房子，听到了钢琴声，可那都是别人的快乐。

那一排房子，都是临时搭建的。旁边的人说，这片大楼快盖完了，这片简陋的房子也快拆除，如果你再不来，就看不到了，这帮农民工也应该回家了。他们在这里干了快两年了，为挣钱都舍不得回家，春节老板跑了，连路费都没有，黑心的老板让他们没办法回家。

她哭了。站在那简陋的房子前，想起他说过去海南旅游，想起他说过的公司和钢琴声，想起他说带她去麦当劳。她敢断定，他从来没有离开过这里，他从来没有去吃过麦当劳。

没有去找他，她又坐三天三夜的火车回了家。

回家后她写信给他：我想你了，回家吧。

一个月后，他带着大包小包回了家，当然，还带着一份不再新鲜的麦当劳。她让他吃，他说，你吃，我在外面经常吃。

她含着眼泪吃完那个叫汉堡的东西，一个小小的汉堡，要卖10块。吃完了她说，不好吃，不如红薯粥好喝呢，怪不得你说吃腻了。

整整一夜，他给她讲外面的世界，说自己的公司多好，说住的房子很漂亮。他一直说阳光路17号，她听着，在黑暗中流下眼泪。最后，她握住他的手：因为有你，那条路应该叫阳光路。

她一直没有说，她去过阳光路17号。

那是她心底一个幸福而心酸的秘密。

感恩提示

gan en ti shi

世界上有一种谎言，叫做美丽的谎言。它，没有恶意，没有算计。它，完全是对被骗者的一份保护。

看了《阳光路17号》这篇文章，我最感动的是男主人公的善良欺骗和女主人公的真诚理解。当女主人公她清楚了他的真实生活条件时，她没有生气，有的只是对老公的痛心。她没有疯狂地要到繁闹的城市里寻找老公，而是走回家，然后写了一封叫老公回家的信。"我想你了，回家吧。"内容很短，却充满了爱。

一个月后，男主人公终于回来了，也带回了一份麦当劳给她。她吃着要10块钱的汉堡时是含着眼泪的，并说："不如红薯粥好喝呢，怪不得你吃腻了。"对于男主人公来说，这是一个谎言，但却是美好的。

他欺骗了她，她却没有生他的气；她欺骗了他，但他并没有恼怒。有一种谎言，很美丽，有一种谎言很感人，他和她用的语言阐析了一种叫爱的谎言。

（黄 海）

这一次，我以一颗心作为赎金，你能再给我一次机会，让我赎回亏欠你的所有幸福和快乐吗？

绑 架 爱 情

◆译/叶 柳

经过几个月的努力，威尔斯为自己公司研发的又一款新游戏软件顺利地通过了测试。这是一个令人兴奋的消息，他希望第一时间将这个好消息告诉妻子贝拉。

可是想到妻子，他才意识到自己已经有半个月没有回家了。记得昨天贝拉曾打来电话恳求他回去一次,可是当时正是研发的最后关头,他怎能走开呢,于是只好告诉她自己今天一定回去。

这是一幢有花园的豪华别墅,花园的玫瑰独自绽放着。威尔斯大声叫道:"亲爱的,我回来了。"可是没人回应。威尔斯感到迷惑:妻子到底去哪里了呢?经过客厅的时候,他看见一张纸放在那儿。威尔斯拿起来念道:"先生,请准备足够多的赎金到梅勒敦公园来,不可报警!否则你将永远见不到你的妻子。"

威尔斯想到了报警,可绑匪的威胁又使他不由自主地放下了电话。

他取出了银行里所有的钱,那是用心血和汗水换来的。接着,他来到梅勒敦公园,公园里一派安宁祥和的景象。可是此时这一切却与威尔斯无缘,他心里万分焦急和紧张。他四处张望,可是没发现一个长得像绑匪的人。

威尔斯来到了梅勒敦湖边,那棵熟悉的橡树依然迎风而立,一张空空的长椅静默一旁,那是他和贝拉多么熟悉的地方啊。他感到心一阵阵地揪紧:他和贝拉正是在这里邂逅和相爱的。

后来,他们组成了一个温馨的小家。闲暇时,他们总会挽着手来这里散步,憧憬幸福的未来。可是,随着威尔斯开了自己的公司,工作一天天忙碌起来,他们一起散步的次数也越来越少。此时,威尔斯孤零零地坐在这儿,想到从前曾经有过的幸福时光和自己后来对妻子的疏忽和冷淡,心里充满了悔恨。

就在威尔斯精神恍惚时,一个人交给他一张字条,那人说是一个陌生人托自己交给他的。待威尔斯缓过神来,那人已经走远。威尔斯不知道歹徒究竟在玩什么花样,他急忙拆开,只见上面写着:"到弗莱理电影院来,买一张正在放映的电影的门票,记住是 10 排 2 号位,到时会告诉你交易的地点。你妻子现在很好。"

昏暗的电影厅里人很少,这里也曾是他和贝拉经常来的地方。可遗憾的是,他竟想不起上一次带贝拉来这儿离现在有多久了。记得他有一次曾对妻子许诺:等有空了,就带她到那家有名的纽巴克餐厅去。因为那时他们还很穷,没有钱去吃。可是等到他们有钱后,尽管贝拉多次恳求,威尔斯也没能实现自己的诺言,因为他实在太忙了。他以为有了钱就能拥有一切,可现在他领悟到没有了贝拉的爱情,再多的钱都毫无意义。

威尔斯含着泪水走出了电影院,他再也看不下去了。这时,门口有一个人又递给威尔斯一张纸条。威尔斯无法忍受了,他抓住那个人的领口,大声叫道:"你们这帮绑匪到底要怎样?你们把我妻子怎么了?"那人被这架势吓着了,同时有点儿愤怒地说:"先生,你误会了,我可不想绑架你,我只是受一位女士的委托把这个给你而已。"

"女士?"威尔斯满腹狐疑地松开了手,难道是一个女绑匪吗?

威尔斯急忙拆开字条，上面写着："想见你妻子，带上赎金到前面的纽巴克餐厅来。"

"赎金?纽巴克餐厅?"一刹那间，威尔斯恍然大悟。他飞快地向纽巴克餐厅所在的方向跑去。

这时已是华灯初上，透过餐厅柔和的灯光，他看见了一个熟悉的身影。威尔斯轻轻地走过去，握着贝拉的手说："对不起。我知道自己错了。这一次，我以一颗心作为赎金，你能再给我一次机会，让我赎回亏欠你的所有幸福和快乐吗?"贝拉点了点头，眼里闪烁着泪光。

感恩提示
gan en ti shi

威尔斯好久没有回家了，妻子很想念他。为了证实丈夫对她的爱情，她设计了一个绑架的情景。在这个富于惊险的情景里，威尔斯开始他的真情之旅，妻子变成了导演，把威尔斯一步步地引向他们曾经有过浪漫回忆的地方，勾起了他美好的回忆。一路上经过美丽的公园，美丽的电影院，最后在一间餐厅会合，一出人间的真情就这样留在了我的记忆中。

此时此刻，我还在为他们的爱情感动着，在为妻子的聪明而感动着，在为威尔斯的深情而感动着。但感动之余，我开始了自己的思索。在现代社会中，婚姻危机已经不是奇怪的事情了。面对这种婚姻危机，妻子采用的不是极端的打骂、哭闹、上吊等不恰当手段，而是设置了一个绑架式的浪漫之旅，旅行过程中，威尔斯真情流露，夫妻终于可以重新享受幸福快乐的生活。

（欧积德）

女人的浪漫是一个水晶苹果，晶莹别透，却异常脆弱。男人的爱是一个真的苹果，不是很好看，但真的能填饱女人的渴望爱的心灵。

无花也浪漫

◆文/[美]南希·肯尼迪 译/菜 籽

我禁不住有些怀疑了，巴里是不是根本不爱我？

我们结婚的周年纪念日快到了。提前好几个星期就向丈夫频频暗示，我想要一副纯银耳环，有几个小圈圈套在一起的那一种。我甚至摊开了珠宝店的促销册子放在丈夫的书桌上，把我看中的那副耳环用红笔画了一个圈。他肯定会看见的，没问题。

那日子越来越近了。我巧妙地把话题扯到我心爱的圈圈耳环上：

"啊，新税法出台了，白银的税要减征呢。"我眨眨眼睛，"昨天修理工说咱家的洗碗机该换条软管了。噢，对了，他夸我的银表好看呢，还说若是配上同样质地的耳环就更棒了！"我一路自顾自地说下去，"黄金市场跌得厉害，但白银……"

那日子终于到了，巴里也真为我准备了礼物：他竟然给我的车换了套崭新的轮胎。

"我的宝贝应该得到世界上最棒的礼物！"他一脸自豪的表情。

没有银圈圈耳环，没有绣着花边的内衣，没有香滑诱人的巧克力，没有鲜花，更没有"海可枯，石可烂，此情永不渝"的深情表白。什么都没有！

他竟然给我买了套轮胎！还是钢箍白胎壁的那种子午线轮胎。他看着我，咧开嘴傻笑，我心里不禁暗想，是不是他小的时候他妈总是不小心，把他大头朝下摔到地上好几次？

"怎么样？"他问道，傻笑不止，"喜欢不喜欢？"

"哦，是的，是的，我喜欢，我太……太……太喜欢了！"我不得不从喉咙里挤出几句言不由衷的话，否则他会这样不停地冲我傻笑一个钟头。听了我的回答，丈夫乐得很，抄起一块抹布，跑到院中擦起了车。

可我呢，实在笑不出来了，坐在门廊边的藤椅上自悲自怜起来。这个男人怎么这么没有情调?他是故意虐待我的感情怎么着?还是大脑麻木迟钝,根本是个傻瓜?我们彼此实在是缺乏理解,这种场面已不是第一次了。我们互相送礼物总是摸不透对方的心思,这都快成传统了。

就拿我送他的第一件生日礼物来说吧。唉,我都不好意思说,当时这事可真把我气得够呛。我为巴里买了件休闲西装,粉蓝色,弹力尼龙质地的,带两个兜,还附赠一条皮带。离他的生日还有一段日子呢,我又不想让他提早发现,就把衣服寄放在男装店,光寄存费就花掉我 10 美元。

他的生日临近了。我兴奋得要命,想象着他打开礼物盒,拿起他的第一件生日礼物仔细端详,满含感激深情地凝视我的双目,惊讶于我能如此摸透他的心思,竟然买了一件这么帅气的西装给他。

他生日的那天早上(我记得好像是他 23 岁的生日),他坐在厨房餐桌旁边看着报纸,正好看到一则西装的广告,与我为他买的那件一模一样。我已经将衣服取回,用精美的盒子包好了放在衣橱里,想给他一个惊喜呢。然而我万万没有想到接下来发生的事情,他竟从鼻子里哼出一声不屑的轻蔑,说道:"难以想象!谁会穿这种破烂玩意儿?"

我差点儿给噎死。只好偷偷将西装拿回店中退掉,给店员解释说,我丈夫最近突然得了过敏症,穿不得尼龙质地的衣服,人家才答应给我退了。我又赶忙跑去买了一套电钻工具和一条工装裤,巴里一见喜欢得不得了。

还有一次,好像是母亲节,现在想起来依然难以释怀,细节就不说了吧。巴里买了台吸尘器送给我,还不是个普通的吸尘器呢,硕大,像个怪物,美其名曰"家庭理容中心",有各种各样的附件,从粉刷房屋,到给狗洗澡,无所不能,应有尽有。女儿们高兴得欢呼,又叫又跳,把它当成宇宙飞船,骑在上面满屋子跑了一个下午。巴里认为这是件最棒的礼物,他把吸尘器擦得锃亮,又做了一块小钉板好挂各样的附件,甚至提出要为它取个名字。

说实话,我不得不承认,原来的吸尘器已经坏了多日,好多次我总借邻居家的用。我也的确跟巴里央求过好多次,我需要一台新的吸尘器。但要命的是,他竟然在母亲节送了我一台吸尘器!

我口中说"谢谢",可接下来一整天心里那个窝火啊……现在我坐在门廊旁边,看着他起劲地给车又洗又擦又上蜡。假如他真的爱我,他就应该知道我想要的是什么啊。许多时候,似乎我们的婚姻都快走到尽头了,但巴里却浑然未觉,傻傻地一笑,好像什么事都没有。这太可怕、太悲哀、太不幸了!

巴里继续擦着车,我的心思又飘回来,记起了我们的第一次约会。他找遍了缅因州北部的所有商店,要给我买一双 7 号的溜冰鞋,好带我去滑冰。

还有一次,我伤了后背,他帮我洗了伤处,穿好衣服,带我去看医生。夜里他就守在我的身边,和衣躺在病床旁的地板上,无论如何不肯离我半步。

往事一幕幕地浮现在我的眼前:最后一罐可乐他总让给我喝;将夹克脱下来披在我身上,自己却在寒风中瑟瑟发抖,还要尽量装作一点儿都不冷。不错,他从来没送给我任何首饰,也没有送给我鲜红的玫瑰,过什么节也没送过巧克力,难道这就意味着他不爱我吗?也许这只能说明,我们表达爱的方式不大一样。

巴里开始给车上蜡,我心下暗想,或许他选这礼物正是因为对我的深爱呢?至少他关心我的安全。说实话,我也注意到原来的轮胎已经磨得不成样子了,但我却从没想过自己去换一套。即使我从未用上过他送我的随身工具箱和闪光信号棒,但紧急救生带的确派过几次用场,吸尘器更是每天都得用。

也许,也许这个男人还是不错的。毕竟,花儿再美,终将枯萎凋谢,巧克力再甜,也不过穿肠过腹,落在茅厕里。

心里的怒气渐渐平息了,我也拿了块抹布擦起后保险杠来。这样的场面或许够不上贺卡的广告片,但当时阳光从云中倾泻下来,我与丈夫一起干着活,汗珠滴落下来,那感觉真是难以言喻,浪漫非常!

结婚纪念日过去了,我的生日又快到了。这次我好想要一条粉红色丝质的内衣,并且我也暗示过他了,在维多利亚精品店就有得卖。不知道这回我又能得到什么呢?是轮胎标尺还是万用插座板呢?不知道。

不过,是什么都没关系啦,谁叫我有这么个不按理出牌的丈夫呢?我知道他爱我,正如他知道我深爱着他一样。

当然,我还是很在意这个生日的。万一、万一他想起要送我一个浪漫又传统的礼物要吓我一跳呢?我还是决定把维多利亚精品店的册子摊开放在他的书桌上。

但转念一想,干脆我自己去买一条红色的丝质内衣吓他一跳好了。哈哈哈……

感恩提示
gan en ti shi

有位哲人说过:浪漫有声,大爱无痕。巴里真的不懂南希,真的不爱南希吗?爱的真谛是爱人彼此之间的互相渗透、互相支撑、互相包容,这些又岂是鲜花、香水、巧克力、红色的丝质内衣这些俗气的表面的东西能呈现的?也许,闪光信号棒、救生圈箱、子午线轮胎真的有点儿不可理喻,但这不可思议的动作,不正是最有力的爱的证据?女人最需要的是什么?一种安全感。巴里为他的夫人打造了一个安全的世界,一片安全的天空,一份安全的保证。巴里不是不按常理来出牌,他只是不想去满足女人,虚幻而缥缈的所谓浪漫。他只想实实在在地爱南希,真真正正地为她好。

女人的浪漫是一个水晶苹果,晶莹剔透,却异常脆弱。男人的爱是一个真的苹果,不是很好看,但真的能填饱女人的渴望爱的心灵。

(林湛雄)

> 在婆婆的坟前,我默默地把公公爱婆婆的故事,点点滴滴细细诉说。

终 极 之 爱

◆文/蔡玉明

公公和婆婆是绝对的平民百姓。公公的文化程度是勉强可以看看报纸,婆婆则能看懂"郑彩其"这三个字,那是她的大名。

公公婆婆来自粤西的一个穷村子,还没解放就到广州谋生,在偌大的花花绿绿的城市中心住了半个世纪,说的还是地地道道的乡下话。究其原因,是他们之间极少言语。我结婚后与公公婆婆同住十一年,从未见到他们之间有过 5 分钟以上长度的谈话,所有的交流与理解,尽在不言中,顶多某一方提个什么要求或问个什么话,对方便是"嗯"的一声,明了,简约。

所以,十一年,没见过他们红脸,吵架。

唯一的一次,却是惊天动地。那是公公 78 岁那一年,他曾为婆婆自杀。

我至今仍找不到任何答案的是,公公为何对我婆婆如此爱怜。公公是个七级建筑工,当年的工资是很高的,与当时做中学老师的我相比,几乎是我的两倍,婆婆是个家庭妇女,大概做过保管自行车、居民小组长之类的职业。婆婆不知是因为与生俱来性格所致还是肺气肿等病的原因,说话是细声细气的,从来不急不躁,不慌不忙。公公对这位夫人,言听计从,很少说"不"。

那一年,婆婆已是将临油尽灯枯的状况,病得只剩一层皱皱的皮包裹住干干的一副骨头,还有一双深陷的眼睛。公公心疼婆婆,承担了所有外出的任务:每天一早去"饮茶",给婆婆带回早餐,之后按婆婆的吩咐,到市场采购当天的东西。

公公自杀的那天,发生了两件事情。

第一件事是公公执意要送一支纯铜的水烟筒给婆婆,婆婆却心疼花那个冤枉钱坚决不领情。那支纯铜的水烟筒真的很漂亮,将近200元,相当于当时半个月工资。我不清楚怎么回事,但肯定,这种东西在解放前,在公公婆婆年轻的时候,一定很贵重,贵重到只有富贵人家才用得起。比如我在四川刘文彩庄园就见过展出这个东西,表示当时大地主如何奢侈。我猜想公公见婆婆已是风烛残年,执意送一样贵重的东西给她。婆婆极省俭,极讲实际,当然竭力反对。这样就爆发了有史以来这对沉默夫妇的第一次"战争"。

公公说:你不用铜烟筒,我把你的大碌竹(婆婆用来抽烟的、用手臂粗的竹筒做的土制烟具)劈了。

婆婆说:你劈了我重做一支。

就这么两句话,他们之间来回小声说了几遍。两人都动真格地生气了。

第二件事是公公去市场买菜。婆婆吩咐公公,买几个红薯——婆婆咽食米饭已十分困难,多是吃容易吞咽的红薯。

公公第一次去市场,人老眼花,买回来的是马铃薯。

公公又第二次去市场,一心要买婆婆吃的红薯,鬼使神差,买回来的还是土豆。

公公很伤心,躲在房间里反反复复说自己不中用,之后,一口气喝下了半瓶白酒和半瓶安定片。

婆婆煮好了饭,进房间叫公公吃饭,发现公公已口吐白沫,昏死过去了。桌子上放着一个空空的酒瓶和空空的安定片药瓶。

上天不忍心拆开这对老夫妇。救护车把公公拉到医院,医生向我们宣布他们将全力抢救,但顶多只能维持公公一小时生命。我们呼天抢地地哭喊,公公在我们的哭喊声中睁大了眼睛,奇迹般地在急救室躺了一个晚上,第二天早上步行回家。

过了这道生死门,此后两位老人更有一种默契,相互之间连小声说"不"都灭绝了。

婆婆是静悄悄地离开这个世界的。开始只是说有点肺炎,住了一个星期医院,好了,出院回家。第二天到我们下班回家时,她躺在床上,没有任何挣扎痛苦,静静地闭上了眼睛。

看不出公公有什么大悲大恸的反应,但我们却知道婆婆去世,对公公打击一定很大。因为自此以后,很少见到公公笑,甚至说话。

按广东的习惯,亲人死后遗像是不放在家里的,但公公执意要把婆婆的遗像放在客厅向阳的地方,而且一定要面向珠江。之后,早、午、晚,每餐吃饭前,公公一定要做的功课就是给婆婆点一支上好的檀香。

有时一家人坐下了，饭菜齐了，公公却站起来，颤颤抖抖离开餐桌。我们大声问："去哪里，干什么？"

公公耳朵很背，时常一点儿反应都没有。但一定会边走边自言自语："你们妈妈还没有吃饭哩。"于是程序式地去搬一张"日"字型的小方凳，站到凳上，恭恭敬敬给婆婆上香。

有一次，公公得了肺炎高烧至半昏迷，送到医院打吊针，直到深夜才回家。安顿好公公睡觉后，我疲惫不堪地倒在床上。迷糊中，我听到客厅有声音，我爬起来，打开房间门，被眼前的情景吓呆了：公公站在日字型的小方凳上，给婆婆上香，那张日字型的小方凳晃晃悠悠，一百五十多斤体重的八十余岁的老公公站在上面，就像耍杂技踩球一样。我不顾一切冲上去，抱住公公，扶着他点完那支香。

公公喃喃地说："我出去一天了，你妈还没吃饭哩……"

第二天，我头一遭跑了祭品专卖店，买了一对电香灯回来。只需一按开关，电香便亮起来，视觉上与点檀香一样的效果。我花了很多时间说服公公，电香与檀香一样，婆婆一定会怕公公摔倒，宁肯要电香而不要檀香。

公公自婆婆去世后，老年痴呆症便一天比一天严重。不知日夜，不知冷暖，甚至不知饥饱。时常吃了三碗饭还要吃第四碗，直到呕吐为止。最头痛的是他时常把晚上当白天，夜深人静时他就起床，不停地在家中走动，翻东西，嚷着要开门出去逛街喝早茶。

受害最大的是我的女儿，她正准备考高中，功课很紧，考试很多，晚上睡不好觉，白天上学就打瞌睡。

我不断给公公"上课"，告诉他现在是深夜2时、3时，不可能出门，不可能逛街。但一切都告无效。

一天晚上，女儿又被公公吵醒，她站在奶奶的遗像前哭诉："奶奶，您快管管爷爷，他天天晚上闹，我睡不了觉，上学很辛苦，我要考试了，奶奶，您一定要帮我。"

奇迹就在那一瞬间出现，耳朵差不多全聋的公公是不可能听到孙女的哭诉的，但他却一下子安静下来，一声不吭地回房间睡觉，一夜平安。

第二天女儿在奶奶的遗像前面摆了两个硕大的新奇士橙，那是奶奶生前最喜欢吃的。女儿说："谢谢奶奶！奶奶您真行，即使在天之灵，也可让爷爷听话！"

更不可思议的是近年，88岁高龄的老公公，老年痴呆病已到了连亲生儿子都不认识的地步了。

公公每次见到我的丈夫他的儿子，都坚定不移地认为，那是他的弟弟。为了证实那不是弟弟而是儿子，我特意拿出了户口本，指着上面的字"李××，与户主关系:父子"。

公公接过户口本,颠来倒去看了半天,一拍大腿感慨人生:"糟糕,这年头怎么搞的,连派出所都有错,户口本都有错,明明是弟弟,怎么成了儿子呢?!"

但是,无论公公怎么糊涂,有一件事他永远不会糊涂:

问:"郑彩其是谁?"

答:"我的女人,我的老婆。"

问:"你的老婆叫什么名字?"

答:"郑彩其。"

又到清明扫墓时,公公老得连坐轮椅的力气都没有了,就像一棵老树,最后连自己的叶子都撑不起来了。因此,公公再不能像过去那样去婆婆的墓前拜祭。

我去。

我替公公好好地拜祭婆婆。

在婆婆的坟前,我默默地把公公爱婆婆的故事,点点滴滴细细诉说。

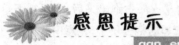

感恩提示
gan en ti shi

一直都不明白"问世间情为何物,直教人生死相许"这两句诗的含义,直到我看了这篇《终极之爱》后,方才顿觉,原来真爱竟是如此的伟大。

以前,总是很单纯地认为,只有山盟海誓的爱情才能永恒,孰不知平凡、质朴、理解的爱才可以比永远更远。这对相濡以沫近半个世纪的老夫妻,彼此之间的对话言谈极少,但是他们都明白对方需要什么或是想什么。他们没有现代青年恋爱的卿卿我我,也不像他们那样过于追求物质消费,老两口就这样彼此搀扶平淡的过了大半辈子。平平凡凡的情,真真实实的爱。

因为一次鬼门关的生死体验,两人变得更加小心地珍惜这段感情了。而在老婆婆去世后,老公公所做的一切表现都让人为之感动,每天定量的给她"喂饭",而且脑海中挥之不去的她的名字……

荒荒的岁月没有尽头,可是我牵过你的手。谱一曲真爱颂,续一段永世情,老爷爷和老奶奶的真爱,是一颗永恒璀璨的钻石,闪烁着幸福的光芒。

(李 雪)

那只烧伤的手，仿佛穿越了几个世纪，终于放到妻子同样伤痛的腿上。

最后一次爱你

◆文 / 徐连祥

这是发生在一对小夫妻身上的一个真实而悲凉的爱情故事。

他原本是一家油漆店的小老板，与妻子结婚三年了，有一个可爱的女儿，日子过得很幸福。

没想到，在一次意外中他的油漆店着火了，顷刻之间，店内价值10万元的油漆和近万元的现金化为灰烬。当他和妻子挣扎着从火海中跑出来后，均已被严重烧伤。所幸的是，他们一岁多的女儿在店着火前被邻居抱去玩了，无意中躲过了一劫。他全身烧伤面积达90%，只有两只脚上的皮肤是完好的，妻子浑身的烧伤面积也达60%。

躺在医院烧伤科的病房里，他心如刀绞。住院才五天，就花去了6万元。而这些钱，都是家人向亲戚朋友借遍了，才筹到的。尽管社会上一些知情的好心人也多少不等地捐了一些钱，可这与夫妇俩治疗烧伤所需要的几十万元相比，无异于杯水车薪。

他的家在农村，家里最值钱的那个小店已被大火吞没了。而他疗伤需要的金额实在太大了，是任何一个农村家庭都难以承受的。

他意识到，是该自己做出抉择的时候了，与其两个人一起死，不如集中钱款救一个。他想，女儿还小，不能没有妈……

于是，他开始请求医生，停止对他用药，让他回家，而且事情的真相不能让他的妻子知道。家人在一次次地努力筹钱失败后，不得不舍泪答应了，医生也流下了无奈的眼泪。

就这样，年轻的他突然要面对死亡，要永远离开他深爱的妻子和女儿，他感到于心不忍，但又毫无办法！他觉得自己被烧伤的不是肌肤而是心脏。但他又为用这样的方式换回妻子的生命而感到欣慰，毕竟这是自己唯一能为她做的事情啊！

临走之前，他向家人和医院提了最后一个要求，再见自己心爱的妻子一面，再触摸她一下,就一下。

重度烧伤的他躺在担架上,颤抖着伸出手——那只烧伤的手,仿佛穿越了几个世纪,终于放到妻子同样伤痛的腿上。咫尺天涯,这感人而揪心的一幕让在场的人不忍看下去。

在他事先的精心安排下,妻子以为他只是需要转院治疗,而这只是一个短暂的分别。尽管如此,她还是止不住地失声痛哭起来,在场的人全都掩面而泣。只有他异常平静地安慰着妻子:"不要哭,我会好的,你也会好的,我们都好了,再去开店,过日子……"

他的哭泣是在离开医院回家的那一刻开始的,一路上,泪水就着血水,淋湿了整个枕头。

四天后,他匆匆而去,年仅 28 岁。

他的妻子目前正在医院接受治疗。她现在仍然不知道丈夫已经去世,而以为他"正在好转之中",她仍然期待着与他重新开始新生活的那一天。

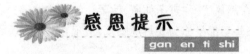
感恩提示
gan en ti shi

人生在世,生死无常。只能随着命运之轮不断前进。死是生命的终结,是所有对生命有所眷恋者内心最大的恐惧。那究竟是怎样的一股力量,使得《最后一次爱你》的主人公甘心放弃缤纷的世界,勇敢地迎接死亡呢?

"夫妻本是同林鸟,大难临头各自飞",现实有时残酷得令人痛心。文章中的夫妻,尤其是丈夫,他对生命的取舍,对妻子的眷恋与安慰,完全是因为他把妻子的生命,把对女儿的责任感提升到一个超越了生命的高度,完美地诠释了真实的爱情。文章篇幅不长,也没有出现言情小说中那种缠绵悱恻的情节,甚至在选择回家接受死亡之后,在跟妻子告别的时候,丈夫都没有说出"我爱你"等诸如此类的话。或许他们之间从来没有过"爱"的言语表达,可是,他们的行动,把爱的最高境界展示在我的面前。爱,就是无私地付出;爱,就是让对方活得更好;爱,也是善意的谎言。

没有"山无棱,天地合,乃敢与君绝"式的缠绵情话,有的只是"不要哭,我会好的,你也会好的,我们都好了,再去开店,过日子……"这样平淡的安慰。不要问究竟什么是情,直教人生死相许,也不要问,在生命的天平上,情有多少分量。我们只需知道有这样一股力量,能使人舍弃自己的生命,只需知道有这样的一股力量,让人生结束得无怨无悔!

(陈小莉)

病友在满是露水的小径边发现昏倒的他时，他手里还紧攥着几枝金黄的雏菊。

流转时光的爱

◆文/李 黎

他戎马一生，经历了无数的血雨腥风，扛着一胸的军功章，光荣离休。

她救过他的命，在打锦州的一次战役上，他记着她，感激她，后来，娶了她。

她无怨无悔地跟着他走南闯北，经历了许多磨难和人生的大起大落。他说：没有她，自己过不到今天。他总觉得对不住女人：他把大半辈子的身心和全部的爱都献给了部队，对她，却亏欠得太多。现在离休了，住进干休所，他要让她享享清福，过几天好日子。他对她说："妹子，这么些年都是你为我打洗脚水，从现在开始，我给你打。"她笑了。

他们的好日子并没有过多久。她开始变得健忘，先是烧水忘了关煤气阀，再是丢失了家门钥匙，然后时常在炒菜中忘了加盐，或者盐加了又加。开始，他们都并未在意，以为是上了年纪的缘故，直到有一次，他和医护人员在干休所的后花园里找到了伏在石凳上泪流满面的她，她找不到回家的路了。

"可能是阿尔兹海默氏症早期……"他的脑海里响起医生的话，"这是一种引起大脑退化的疾病，严重影响患者的记忆和性格，目前尚无药物和有效疗法可以控制，随着病情的发展她会慢慢忘掉过去的事、认识的人，直至……"他曾经在战场上从容面对枪林弹雨，也曾乐观面对造反派的残酷迫害，经历了一场场大风大浪，他觉得已经参透了生死和多灾多厄的人生，已经没有什么能吓住他、让他震惊的事了。但是，现在，他忽然感觉到自己的衰老和无力，这位叱咤风云、德高望重的老军人，在年轻的医护人员面前、在与他共事多年的老战友面前，哭得像个孩子。

"你是谁，为啥待俺这么好？"她常常这样问他。他笑笑，为她梳头，为她洗脸，为她打洗脚水。"妹子，俺是你哥呀！"很多年前，她把他从战场上救回来，他们之间发生了爱情。那时，她羞涩地叫他哥，一直叫了好些年。他听惯了，从部队上回到家里，听她叫一声哥，心里就像打了场大胜仗一样甜美舒坦。可是现在，她已忘了他是谁，忘了他是她"哥"。

感
·
恩
·
爱
·
情

130

他觉得遭遇的是有生以来最难预料胜负的一场硬仗,他碰到的是看不见摸不着的敌人,即使他手中握有百万雄兵,即使他胸中藏有千种战法,却对疾病束手无策。疾病像可怕的窃贼,偷走了人的情感、灵魂和记忆,令相濡以沫五十余载的老夫妻形同陌路。军人家庭的分分合合本是常事,他跟她早已习惯了在思念的夜晚遥望十五的月亮,但这次,他们能够天天见面,生活在一起了,却感觉不到家的温暖和彼此的心。她会忽然地情绪不好,常常莫名地落泪,哭着问他:我这是在哪里?我想回家……他唯一能安慰她的,就是将她搂在怀里,轻轻地摇晃。

这之后的许多个日子里,干休所的人们都能看到,一对鬓发斑白的老夫妻,手牵着手,在洒满阳光的小径漫步。夕阳的余晖里,他们依偎在丁香丛边的石凳上,老太太神色安详地靠在唠叨絮语的老头怀里,脸上不时地浮现出少女般羞涩的红晕。他感觉现在的生活真是奇妙:他一度以为疾病正让她一点点离他而去,然而恰恰相反地,他再次感到了初次遇到她时的喜悦。是的,现在的他们,仿佛是刚刚相识的恋人,一切可以重新开始,从头再来,他终于有机会重拾亏欠她好些年的那份爱,从郑重地介绍自己的名字开始。他给她讲年轻时候的事儿,她睁大了好奇的眼睛,一眨不眨地听。他觉得时光在流转,在倒回:他又成了那个走起路来虎虎生风打起仗来命都不顾的尖刀连连长;而她,是梳着两条乌油油的大辫子,爱唱着歌走路的战地护士。那次他采下路旁的雏菊送给她,她又是喜悦又是慌张地接过来说:"啊,这可怎么好,这可怎么好?"他感到青春活力又回到了苍老的身体里,在那个溢满花香的月夜,他像年轻的小伙一样笨拙地吻了她,她扭着衣襟,羞红了脸。

这一年的秋天很短暂,第一场小雪落下的日子,他们的家从干休所移到了病房。他和她的病房遥遥相望,隔着一条长长的走廊。他那时腿脚已经不很利索了,仍旧坚持每天拄着拐棍来看她。他用颤巍巍的手把窗台上枯萎的花束取下,把清早散步时随处采来的小野花一枝枝插在花瓶里。她在白天的大多数时间经常陷入沉睡的状态,但在每天清早,他到来的时候,她都会准时睁开眼睛,用一种既陌生又亲切的目光,安静地看他拔花、插花、摆花。看他把拐棍放在床边,在她身边缓缓坐下,轻轻握着她的手,开始唠唠叨叨。她感受着他手心传来的温暖,舒服地闭上眼睛,再次沉入睡眠中。

病友在满是露水的小径边发现昏倒的他时,他手里还紧攥着几枝金黄的雏菊。

他躺在病床上,恍然做了很久的梦。他在漆黑的梦里听到自己妹子的呼唤,拼命挣扎着睁开眼睛,看到了刺目的阳光和满屋子关切的目光。小护士告诉他,他昏迷的那几天里,她来看望过他,谁都没想到,卧床已久的她居然站起来走路了。但这之后,她便陷入了更深程度的昏睡。妹呀!他的一声低唤,叫满屋子的人都落了泪。

那个夜晚,月光朗阔。谁也不清楚,他是怎样拖着偏瘫了一半的身体,扶着墙根,喘息着一步一挪地走完那么长的走廊,谁也不知道,那个夜晚发生在病房里的故事:当他轻轻握紧她的手时,看见她在清朗的月光下睁开了眼睛。她的眼睛又大又明亮,手心暖暖地,缓缓地握紧了他,他听见她说:哥……俺想你啊……

清早,人们发现了病房里的老夫妻,他们的双手紧紧相握,脸上浮现着心满意足的笑容,他们相依相偎在一起,睡得很香,很沉。

感恩提示
gan en ti shi

世界上最难懂的就是爱。孩童时,我们会误解父母给我们的爱;少年时,我们会忽视朋友之间的爱;青年时,我们会错过恋人的爱。许许多多的爱交织在一起,会让原本已是对爱迟钝的我们更加迷惘。

爱情是可以天长地久的。只要是真心的爱,我们都可以把爱进行到生命的最后一刻,就像文章中的那对老夫妻,妻子在年老时得了失忆症,面对着丧失记忆的妻子,丈夫其实可以选择离她而去,这样就可以不去承担那么多的痛苦。但他没有这样做,他选择了去爱护照顾他的老妻子,希望用真情去唤醒妻子的一丝回忆。没有特别的理由,只因为他们之间的爱情,直到生命结束,他们的手还是紧紧地握在一起,爱就是这样,承诺就是这样。

失忆使妻子忘记了很多事,但她没有忘记那只紧握她的温暖的手;遗忘,夺去了妻子的过去,却没有夺去一颗爱人的心,一颗被爱的心。

(邓原原)

他郑重地对我说了一句话,正是这句话改变了我的人生。
他告诉我说:"朋友,别只有希望……要有决心!"

朋友,别只有希望

◆文/[美]迈克尔·D·哈哥洛夫 译/李 威

那天,当我在俄勒冈州波特兰机场等待接一个朋友的时候,我获得了一种足以改变生命的经历。它发生在距离我只有两英尺远的地方,是我蹑手蹑脚地靠近别人偷听来的。

当飞机降落以后，我立即睁大了眼睛，努力地在纷纷走下飞机行走在航空旅客桥中的旅客之间，寻找着我的朋友。但是，我却注意到一个提着两个轻便袋子的男人正迎面向我走了过来，然后在我身旁迎接他的家人面前停了下来。

他一边放下手中的袋子，一边先向他最小的儿子(可能有6岁)打了个手势，示意他过来。小男孩扑进爸爸的怀里，两人紧紧地拥抱在一起，那是怎样的一个长长的、动人的、深情的拥抱啊！他们松开后，两人还互相凝视着。这时，我听到这位父亲说："见到你真是太好了，儿子。我是多么想念你啊！"他的儿子有些羞涩地笑着，目光转向一边，轻轻地答道："我也是，爸爸！"

然后，这个男人站起来，凝视着他的大儿子(大概有9岁)，并且把儿子的脸捧在手上，说："你完全是一个小伙子啦，扎克，我非常爱你！"他们也深情地、温柔地拥抱着。他的大儿子没有说一句话———一切尽在不言中了。

看着眼前发生的一切，一个小女孩(可能是1岁多一些)也开始在她母亲温暖的怀抱里兴奋地蠕动着，她那小小的眼眸片刻也没有离开过刚刚返家的父亲所带来的那美妙、动人的情景。此刻，这个男人深情地看着他的小女儿，一边招呼道："嗨，小女孩！"一边把她从母亲的怀中轻轻地接过来。他飞快地吻遍了她的小脸，并且把她紧紧地贴近自己的胸膛，身体也左右摇摆着，晃动着。小女孩立即松懈下来，静静地把头靠在他的肩膀上，那样子显得非常的惬意和满足。

良久，他把女儿交给他的大儿子抱着，并且郑重地说道："我要把最好的留在最后！"说完，他张开双臂，紧紧地拥抱着他的妻子，并且给了她一个我记忆中从未见过的最长、最热烈、最温柔的吻。然后，他深情地凝视着她，几秒钟之后，他静静地说："我非常爱你！"就这样，他们互相深情地凝视着对方的眼睛，手拉手，幸福地微笑着。

看着他们那亲热、幸福的样子，我觉得他们可能是刚成家的新婚夫妻，但是，这显然是不可能的。我感到迷惑不解，然后，我突然意识到自己已经完全被这美好情景吸引住了，因而我感到有些不自在，好像自己是一个未经允许就闯入他们这神圣私密空间的侵略者，然而更加让人吃惊的是，我竟然听到自己那紧张得有些失真的声音在问道："哇！你俩结婚多长时间了？"

"哦，我们在一起生活已经十四年啦，结婚也有十二年啦。"他答道，眼睛仍旧在深情地凝视着妻子那美丽的脸庞。

"那么，你离开家有多久啦？"我继续问道。

终于，这个男人转过身，脸上仍旧洋溢着快乐的微笑。他看着我，说："整整两天。"

两天？我不禁大吃一惊！从他们这样热烈、深情的问候来看，我几乎就已经确

感·人·至·深·的·89·个·爱·情·故·事·

信他离开家即使没有几个月，至少也有几个星期。惊讶让我羡慕万分，我说："我希望我的婚姻也能像你们一样，在十二年后依旧充满热情！"

听我这么一说，这个男人脸上的笑容立刻消失了，他直勾勾地注视着我，一直深入到我的灵魂深处，然后，他郑重地对我说了一句话，正是这句话改变了我的人生。他告诉我说："朋友，别只有希望……要有决心！"说完，他的脸上又洋溢起了灿烂的笑容，他伸出手和我轻轻一握，真诚地说："愿上帝保佑你！"然后，他和他的家人一起转过身，精神饱满地迈步而去。

我默默地目送着这个特别的男人和这个特别的家庭远去，直到看不到他们的身影。这时，我的朋友来到了我的身边，疑惑地问道："你在看什么？"

我没有回头，目光仍旧眺望着远方，但是，我却以一种不寻常的、坚定的信念毫不犹豫地答道："我的未来！"

感恩提示
gan en ti shi

　　每个人都有自己心中的天堂，但是有的人只会静静等待希望，有的人会不断地追逐，希望能看到那生命中的太阳，而不是虚幻缥缈的影子。

　　《朋友，别只有希望》中写到一位离家仅仅两天的男人回到家中，家人迎接他的那种场景，虽然只是一件普通的小事，但是他们之间的爱却是伟大的，因为他们心中彼此存在这种爱，并且都懂得去追求，去实现，所以才能看到光芒四射的太阳，体会到生活中的色彩。

　　心中希望生活幸福美满，就必须下定决心去追求，下定决心让你爱的人知道你有多爱她。"爱，就要大声说出来。"爱，用行动来表示，就像文中的他对儿子说的："见到你真是太好了，儿子。我是多么想念你啊！""你完全是一个小伙子啦，扎克，我非常爱你。"他对妻子说的简单的五个字"我非常爱你！"让一家人紧紧地连在一起，永不分离。生活中我们常常不懂得如何去表达自己的爱，不明白如何去追求希望，有些人更认为彼此心中有爱就行了，不必大声喧哗。但爱的语言有时是不应省略的。

　　朋友，别只有希望……要有决心！

（李明真）

感
·
恩
·
爱
·
情

大家听了娟姐孩子的话,都震惊了:我们平常怎么不在意这双皮鞋呀!这双皮鞋的确是她亡夫生前穿的那双哩!

鞋

◆文／林荣芝

娟姐五年前便死了丈夫。丈夫死得很不值,据说是为了踅足回头捡回一只失落的皮鞋被汽车撞死的。就因一只失落的皮鞋,丈夫便丢下一个两岁的男孩离娟姐而去了。

丈夫死时,娟姐好悲痛好伤心,恸哭了三天三夜,眼睛哭肿得像个灯泡。三天三夜没吃过饭,是好心的邻居劝说你不为自己着想也要为孩子着想,娟姐才鼓起勇气吃饭的。娟姐确是为了孩子才有勇气生存下来。娟姐和丈夫从小青梅竹马,婚前双双发过誓:生为爱情生,死为爱情死。但为了孩子,为了丈夫的根,她不得不食誓活了下来。

五年来,娟姐含辛茹苦带着孩子过,日子挺艰难的。好心的人见了,都劝娟姐,找个合适的再婚吧,这样对孩子的生活也许会好些。娟姐却摇头说,我能带大孩子,孩子是他的根。人们听了娟姐的话,无不为她的忠贞而感动,无不为她的坚强而佩服。

更难得的是,娟姐不但勤快节俭过日子,而且守妇道,从不跟男子汉献媚送秋波。她自知寡妇门前是非多,因而循规蹈矩过日子,四邻街坊无不赞颂她的人品端正。

街坊倘若有哪位妇女出了轨,其丈夫或家婆必是这样说,你学学人家娟姐吧,又勤快又规矩!

娟姐好怀念她的丈夫,每逢初一、十五,她都为丈夫上香,让她的儿子向亡父叩头。娟姐晓得丈夫珍惜她送给他的那双皮鞋,便将那双皮鞋工工整整摆放在门口的香炉前,企盼他走得轻松,也企盼他无牵无挂,鞋在家还在。

近段不知哪门撞了邪,街坊邻里常失窃,昨天东家丢了鸡今天西家失去衣物,弄得人心惶惶。

邻居们怕再失窃,便加强防范,做铁门的做铁门,加铁窗的加铁窗,唯有娟姐无动于衷。人们便问娟姐,近期治安不稳定,你不怕盗贼入屋偷东西吗?娟姐却苦苦一笑说,我家一穷二白,贼佬进来能偷到什么?做一副铁门几百块,还是省着留给孩子上学好。

听听,多么贤惠的好母亲,多么节俭的娟姐。邻居们无不为娟姐的精打细算而叹服。

一日,人们下班回家,全都为之大惊:家家户户的铁门都被撬了,家家户户都被洗窃一空。唯有娟姐的家安然无恙。

于是,大家便报警,公安局便来侦查,刑警队长一边侦查一边自语说,盗窃之疯狂,盗贼手段之高明,是前所未有的事。

刑警队长前后左右,家家户户转了一圈又一圈,最后站在娟姐家门前停下,自言自语地说,为什么家家被盗,唯独这家完整无缺?

是哩,而且被盗的都是装了铁门的,这家没装反没被盗。人们都觉得奇怪。

刑警队长眼睛一亮,点头笑着说,问题就在这家有个护身符!

什么护身符?大家都不明白,都问。

刑警队长指着娟姐门前那双皮鞋说,就是这双男皮鞋。贼人见这家门口有双男皮鞋,断定家里有男人,于是不敢进去盗窃。

噢,原来是这样!大家都明白了。

大家明白之余,有好事者便提出了疑问,娟姐家门口怎么有一双男皮鞋?莫非……

这疑问一提出,立刻就被那些出过轨曾被丈夫家婆教训过的妇女有机可乘,便借题发挥说,娟姐肯定是在勾引野男人!

一时间,娟姐勾引野男人的消息传遍了全城。人们都说,真想不到平常循规蹈矩的女人背后竟做出这样的丑事。

于是,娟姐每到一处,就有人指着她的脊梁说她是淫妇。她每到一处,就有人给她白眼,说她是外洁内脏的风流寡妇。

从此,娟姐出入再没人跟她打招呼了。再没有人说她是个守妇道的贤妻良母了。她得到的是人们的冷眼、唾弃和讥讽。

娟姐心里好难受,但也只能低着头做人。

有一天,娟姐突然要搬家了。说是搬回娘家去住,孩子要上学了,有外婆接送方便。

搬家的那天,有人见娟姐还提着那双男皮鞋,便悄悄地问娟姐的孩子,那双男皮鞋是哪个男人的?他常来吗?

娟姐的孩子想也不想,便说,皮鞋是爸爸生前遗留下来的。妈妈天天都将它摆放在门口的香炉前,说一是怀念爸爸,二是可以防贼。

哦?! 大家听了娟姐孩子的话,都震惊了:我们平常怎么不在意这双皮鞋呀! 这双皮鞋的确是她亡夫生前穿的那双哩!

大家觉得孩子的话在理,觉得都冤枉了娟姐,错怪了好人,都感到很难过,都感到很对不起娟姐。但此时此刻,他们除了难过之外,还能做些什么呢?

感恩提示
gan en ti shi

生离死别的变迁牵引着人的内心感触。亲情、友情、爱情总是围绕在人们的身边,挥泪送别的悲伤,阴阳隔离的遗憾都使得这些感情得到升华。生前壮丽的海誓山盟,在真正分离后成为后人活下来的唯一精神支柱。

"满地黄花堆积,憔悴损,如今有谁堪摘。"这是一代才女李清照对亡夫的思念,她的思念哀怨惆怅,那是寡妇的愁。李清照把愁寄托在忧伤的字词中,文中的娟姐则把对丈夫深深的爱寄托在孩子身上,寄托在亡夫的皮鞋上。忍受孤单寂寞的折磨,独立承担起家庭的重担,那不是一位普通的女人所承受的。她忍受着寡妇的思怨与孤单,默默地保护着这个家庭。

这一切都源于那份对丈夫的爱,源自内心的母爱。

旁人的态度由称赞变成冷眼、嘲讽,不是一旁的伤心泪流,不是整天哀声叹气和怨天尤人。她将深深的爱转化为生存的动力,将爱转化成一份执着,勇气和坚强。

人总是要为心中那份执着的信念,为心中爱的人而活,勇敢坚强地面对生活,我们总有一天会守得云开见月明。

(詹琪琦)